おとなりの晴明さん
第六集
～陰陽師は狐の花嫁を守る～
仲町六絵 illust. ユウノ
Design/Catany design

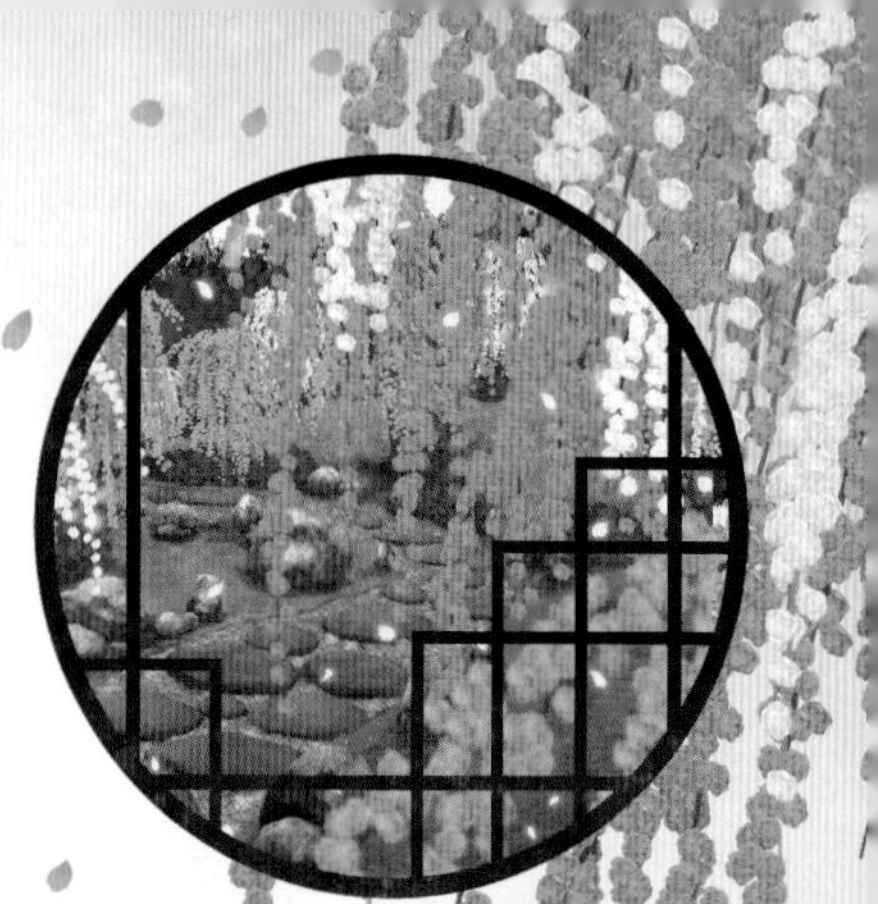

もくじ

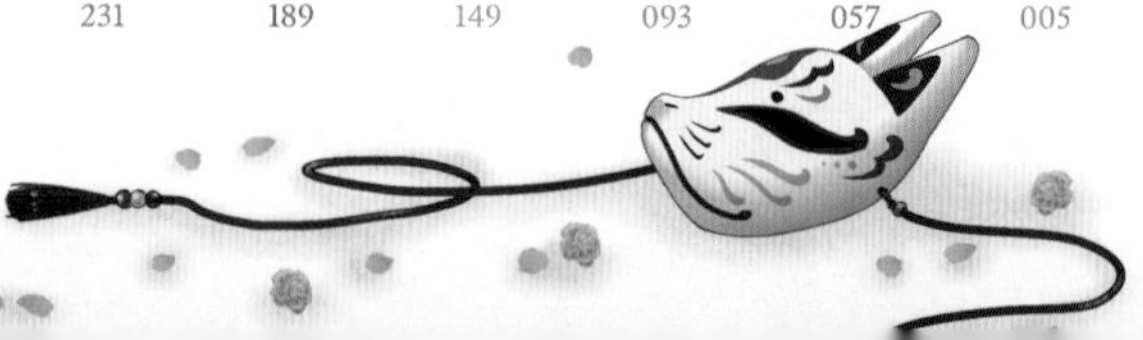

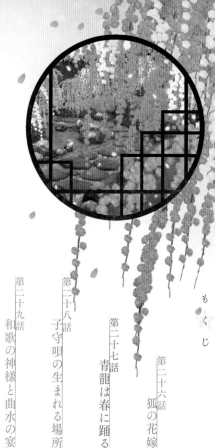

おとなりの晴明さん 第六集

～陰陽師は狐の花嫁を守る～

仲町六絵　illust. ユウノ

第二十六話

狐の花嫁

晴明《せいめい》の家の縁側に腰かけて、桃花《ももか》は夕方の空を見上げた。

飴色《あめいろ》に照らされたひつじ雲が浮かぶ、風のない夕暮れだ。小鳥の群れが甲高く鳴きながら東山《ひがしやま》山麓へ飛んでいく。

まだ三月の上旬だが、セーターやスカートの上にコートを着ているので、少し暑いくらいだ。

手には個包装入りのチョコレートを一粒、ゆるく握っている。先ほど晴明が、桃花の持ってきた簡易書留を見るなり「ご苦労だった」とくれたものだ。

チョコレートの封を開け、なめらかな舌触りを楽しむ。

——おいしい。晴明さん、これちょっといいチョコですね？

桃花は後ろを振り返った。板の間の奥の和室で、晴明が書き物をしている。

外見はせいぜい二十五、六歳だが、渋い青鈍色《あおにびいろ》の着物がよく似合う。髪と瞳が琥珀《こはく》色《いろ》だから、うまく調和するのかもしれない。

稲荷《いなり》社を守る白狐《びゃっこ》に似た顔は今日も変わらず陰鬱な翳《かげ》りを宿していたが、座卓に向かう姿にはどこか熱心さが感じられた。

——終わった。高校一年生の勉強、だいたい終わったぁ。

達成感で、桃花はぼんやりしている。頭の奥で散らばっていた英語や数学のノートがきちんと棚にしまわれたような安心感もある。

一昨日の金曜日、高校最初の年度末考査が終わった。そして今日は、全国統一模試の結果が簡易書留で届いたのだ。成績は両親の期待よりもはるかに上々で、桃花の予想よりもほんの少し上だった。

母親の葉子《ようこ》に「早う、晴明さんに見せたげてや」と急《せ》かされ、父親の良介《りょうすけ》に「これ渡して。家庭教師へのボーナス」と金一封らしき熨斗袋《のしぶくろ》を持たされて、桃花は隣の晴明宅へ結果を見せに来たのだった。

──晴明さん、『進級祝いをあげよう』って言ってたけど、何を書いてるんだろ？

晴明は模試の結果を座卓の脇に置いて、万年筆で小さな冊子に何か書きこんでいる。

たぶん陰陽術に関わる道具だ、と桃花は予想した。

──そういえば冬には焔糸杉紋《ほむらいとすぎもん》の呪符を教わった。

焔糸杉紋の呪符は懐紙にトランプのスペードに似た形を描いたもので、生命力を与える働きを持つ。紋の名前自体は晴明による命名だが、日本でも海外でも長く用いられてきた図像らしい。

ともあれ、一枚の呪符から一冊の本は大きな飛躍だ。

待ち遠しい思いで、桃花は暗くなってきた空を見上げた。

——あと一回くらい、雪が降らないかな。

生まれ故郷の滋賀県大津市《しがけんおおつし》では、年によっては三月でも少々の降雪が見られる。東山山麓の反対側、この京都ならどうだろうか。

雪を期待する理由は、たった一つだ。

——この冬に晴明さんと見た雪がきれいすぎて、もう懐かしくなってるから。

スマートフォンの「花房雪」と名付けた画像フォルダを開いた。花房のごとく雪の積もった桜並木を背景に、着物姿の晴明が立っている。何度もフォルダを開いて、目に焼きつけた写真だ。

——晴明さんの休暇、もっと続けばいいのに。まだ、帰らないでほしい。

死後に魂が行く場所は、閻魔大王《えんまだいおう》が裁きを下す閻魔庁《えんまちょう》なのだという。

平安時代に活躍した陰陽師《おんみようじ》・安倍晴明《あべのせいめい》は、死後に閻魔大王に仕える冥官《めいかん》となり、今は桃花の家の隣に住んで休暇を取っているのだった。

「桃花」

晴明に名前を呼ばれ、急いで画像を閉じる。

「出来上がった。待たせたな」

「待ってましたっ！」

走らぬよう気をつけて、桃花は晴明のいる座卓に近づいた。

卓上には文庫本よりもずっと小さい、赤い市松模様の本が置かれている。縦六センチ、横三センチ、厚さは八ミリくらいだろうか。

一般的に、豆本と呼ばれるサイズである。

赤い市松模様の表紙には白い縦長の題箋が貼られていて、御朱印帳を思わせた。

「和風ですね。御朱印帳を小さく豆本サイズにしたみたい」

「その通り。紙を一枚一枚綴《と》じるのではなく、横長の紙を御朱印帳と同じように折りたたんである。折本《おりほん》と呼ばれるやり方だ」

晴明は豆本を手に取り、桃花の手のひらに載せた。

「ありがとうございます。晴明さん、何を書いたんですか？」

「開いてみるといい」

椿《つばき》の花に触れるような手つきで、桃花は市松模様の表紙をつまむ。

畳まれていた鳥の子色の和紙が、山折りと谷折りを繰り返しながら宙に伸びた。

「晴明さん。白紙ですよ」

まっさらで、新品同様だ。

万年筆で晴明が何か書きこむのを、確かに見たはずなのに。

「そうか、白紙か」

穏やかな晴明の声音に、(何か隠してる)と桃花は直感した。

「もしかして、呪文を唱えたら文字が出てくるんですか?」

違う、とすげなく返されるかと思ったが、晴明は「近い」と言った。

「呪文ではなく、陰陽師としての桃花の成長によって内容が顕《あらわ》れる。その意味では、近いな」

「早く読みたいです」

「ゆっくりな。桃花本人から見れば、ゆっくりと変化は起こる」

楽しみでもあり、じれったくてたまらなくもある。

「大事にします」

桃花はコートの前を開け、豆本を内ポケットに入れた。

「ああ。さっそくだが、桃花に手伝ってもらいたい案件がある」

「え? どんなですか?」

座卓に身を投げ出す勢いで桃花は尋ねた。

「楽しそうだな」

「当たり前ですよ、成長の機会ゲットですよ。早く成長したいんですっ……あっ、また『早く』って言っちゃった」

　気まずくなって、髪に結んだリボンをいじる。

「なぜそう急ぐ」

「晴明さんには地鎮祭のお仕事があるじゃないですか。わたしは少しでも成長して、お手伝いがしたいと思うんです。弟子にしてもらったばかりで不遜ですけど」

　休暇の理由は、千年も冥官として働いてきた晴明が現世に不案内すぎるため——と当初聞いていたのだが、年末に聞いたもう一つの理由は、より深刻だ。

　平安遷都から千二百年以上が経《た》ち、この京都には結界の乱れが生じている。

　晴明は休暇の体裁を取りつつ、乱れを繕う地鎮祭の準備をせねばならないのだ。

「熱意は分かるが、慎重に行動してほしい」

「はい」

「京を守る結界が乱れている、という話は以前したな？」

「はい、先月」

「桃花自身も、結界の乱れを目の当たりにしたな？」

「はい……。あの、晴明さん、怒ってますか」

「怒ってなどいるものか。弟子の現状認識を確かめている」

轟々《ごうごう》と水音がとどろく滝壺《たきつぼ》にいる気分だ。秀麗でいて陰鬱な晴明の眼差《まなざ》しが、冷気と圧力を発している。

「桃花がどのように状況を把握しているか、言ってみなさい」

家庭教師として桃花に対する時と、同じ構造の問いだ。今日学校で受けた授業の内容を説明してみなさい――という、この一年でおなじみになった問いかけ。

桃花は、晴明のそういう教え方を気に入っている。

「まず、去年の初夏に、逢坂《おうさか》の関で関蟬丸《せきせみまる》神社に仕える楽器の精霊たちがおかしくなって、大津市に住んでるわたしの友だちに、キイキイって、鼠《ねずみ》の鳴き声みたいな音を聞かせましたよね」

「そうだ。瘴気《しょうき》に触れたせいだったな」

「わたしはフクロウに変化《へんげ》して、晴明さんと合作した桃の呪符を持って行った……」

正方形の紙に晴明が円を描き、円の中に桃花が桃の花を描く。記念すべき初めての呪符だ。

「うむ。ついでだが、あの呪符には『方円の桃』という名をつけよう」

「ほーえんのもも！　いいと思います」

響きを楽しみながらその名を口にした瞬間、桃花の中で歓喜が広がった。呪符の名前自体が強力な呪文のようだ。

「気に入ったなら、何よりだ」

「気に入ったし、大好きです。これぐらい」

両手を限界まで広げてみせる。

「長さで表すのか」

冷めた口調で言いつつ、晴明の口元は笑っている。

「では、京の結界が乱れた理由を言ってみなさい」

「ええっと、琵琶湖疏水《びわこそすい》を行き来する船が復活したり、車や電車での交通量も多くなったりして、人や物の行き来がすごく増えたから」

「よろしい。先月、東からやってきた蝦夷《えみし》たちの魂に相対した件も、覚えているな？」

「覚えてますよっ。初陣ですもん」

――我が川は鴨川《かもがわ》、我が海は淡海、我は、結び桜の子。

はっきりと宣言して、桃花は蝦夷たちの魂に対峙《たいじ》したのだ。髪には晴明から授かった結び桜のかんざしを挿し、顔には結び桜の面を当てて。

「ならば、新たな試練に少しは臆しても良さそうなものだ。私の方から頼み事を言い出しておいて何だが、大丈夫か？」

案ずる響きを晴明の声に感じ取って、桃花は「だって」と返す。

「油断は良くないけど、怖がりすぎるのは無駄だと思うんです。わたしは、晴明さんと一緒にいればどんどん伸びるから、時間もエネルギーも無駄にしたくないです」

言葉の底に流れているのは晴明への信頼と、自分の生命力に賭ける決意だ。

発した言葉以上の気持ちを届けようと、まっすぐに晴明の瞳を見つめた。そして、あることに気づいて絶望する。

「……晴明さん。わたし」

「何だ」

「もうすぐ高校二年生なのに『だって』って言っちゃいました。ああもうっ！」

桃花は首を左右に振った。その勢いで髪とリボンが触れあって音を立てる。

晴明が横を向いた。

まぶたを伏せ、声を出さずに笑っている。柔らかそうな唇の端が吊《つ》り上《あ》がっていた。

「え、面白かったんですか？　わたし今、めちゃめちゃ絶望してるんですけど」

桃花の基準では、自己主張に『だって』を使うのは少々子どもっぽいのだ。もっとも、晴明と出会った一年前は意識せず使っていた気もする。

「油断していないのは分かった。本題に入っていいか」

「どうぞ」

恥ずかしさを押し隠そうと口を尖《とが》らせながら、桃花は座り直した。

晴明は棚から白黒のチラシを出してきた。

「冬に高台寺《こうだいじ》近辺で掲示されていた広告だ」

チラシには「狐《きつね》の花嫁巡行　花嫁役募集　十八歳以上」と大きく書かれている。

人力車に乗った白無垢《しろむく》の花嫁の写真が載っているが、その顔は狐の面に隠れていた。

ほっそりした輪郭や尖《とが》った耳を持つ、稲荷社を守る白狐の顔だ。

「『狐の花嫁巡行』？　あやかし関係の行事ではないですよね？」

「もちろん。霊的な存在の狐ではなく、白狐の面をつけた人間たちだ」

晴明は、文箱《ふばこ》から白狐の面を取り出した。晴明の顔立ちにやはり似ている。

「狐に扮《ふん》した和装の花嫁が、人力車に乗って夜の東山を巡行するという催しだ。行列参加者の一部も、羽織袴《はおりはかま》にこのような面をつける」

「素敵。きれいで、ちょっと怖いでしょうね」

狐の花嫁が人力車に乗って寺院や町家を通り過ぎるさまを想像する。梅や桃、椿《つばき》の咲く季節と相俟《あいま》って、さぞかし幻想的な美しさだろう。

「全然知りませんでした、そういうのがあるなんて」

「この巡行は、平成に始まった『東山花灯路《はなとうろ》』というライトアップイベントの一環だ。去年京都に引っ越してきた桃花が知らなくても無理はない」

「あ、『東山花灯路』なら知ってます。東山区の、二年坂や円山《まるやま》公園のライトアップ。道に行灯《あんどん》や大きな生け花を並べたりするって、学校の友だちに聞きました」

「そうだな。桜の時期以外にも観光客を呼び寄せるため始まった催しだ。広告にあるように、狐の花嫁は公募で決まる」

——現世に来てまだ一年なのに詳しいですね？　チラシはどこでもらったんですか？

疑問が浮かんだが、そのまま耳を傾ける。

「昨夜、巡行中に狐の花嫁が耳鳴りを起こしたそうだ。夜の七時に出発した花嫁と八時に出発した花嫁、二人ともだ」

「二人そろって？　それも気になるけど、今はお元気なんですか？」

「幸い、巡行が終わってすぐに治ったようだ。念のため夜間診療にかかったが、どちらも医学的に異常な所見は見られなかった」

「あっ、まずは良かったです。でも、行事の主役を務めている最中に体調不良なんて、気の毒ですね」

「そうだな。よく務めたものだ」

花嫁たちへの敬意を覗《のぞ》かせた晴明に、桃花はひそかな喜びを覚えた。一見すると分かりにくいが、優しい人なのだとあらためて思う。

――いけない、いけない。喜んでる場合じゃなかった。

「それにしても、狐の花嫁二人とも同じ症状って不自然です」

「狐の花嫁の年齢だが」

晴明は、なぜか狐の面をかぶってみせた。

「広告に『十八歳以上』とあるだろう。上限は書かれていない」

「あ、はい」

確かに「十八歳以上」だ。

「極端な話、七十代や八十代の女性でも花嫁役になれる」

「えっ、すごい」

「毎年何人か狐の花嫁が選ばれるわけだが、今年の狐の花嫁のうち実際に結婚を間近に控えているのは、昨夜巡行した二人だけだ。ということは」

「ということは？」

「二人とも、結婚という環境の大きな変化を前にして神経が過敏になっていたのでは……と、解釈されている。少なくとも地元住民の間では」

「晴明さん。さっきから思ってましたけど、やけに地元の……東山地域の事情に詳しいですね？」

「茜《あかね》から報告と相談を受けた」

「ああ、茜さん経由なんですね」

冬に掲示されたチラシを、晴明が持っていたのもうなずける。

茜が晴明に行事の説明をする際、持参したのだろう。

——茜さんは顔が広いらしいから、チラシをもらったか、配布を頼まれてたのかも。

晴明の部下である茜は「かんざし　六花《りっか》」の若き女主人として、京都に独自の人脈を築いているらしいのだ。

茜の店では一般向けのかんざしだけでなく、舞妓《まいこ》のための豪華で繊細な花かんざしも取り扱う。

それはつまり、祇園《ぎおん》や上七軒《かみしちけん》のような花街に顧客がいる、ということでもある。

「茜は祇園の置屋だけでなく、東山の寺院ともつながりがある。昨夜耳鳴りを起こした二人は今夜も巡行する予定だったので、代役を探すよう頼まれたそうだ。そこで、私に話が持ち込まれたわけだ」

　晴明はようやく狐面を外すと「少し視界が狭くなるな」と言った。

「だけど、結界の乱れの話をしたってことは……あやかしが絡むんですよね？」

「ああ。茜から報告を受けてすぐに巡行のルートを歩いてみたが、どうも空気がおかしい。知恩院《ちおんいん》、円山公園、高台寺のあたりだ」

「観光名所を回るんですね。おかしいって、どんな風にですか？」

「妖狐《ようこ》の気配がした。結界の乱れが続いていたせいで、呼び寄せてしまったようだ」

　一列に並んだドミノが少しずつ倒れていき、やがて一挙になぎ倒される様子を桃花は想像した。

「桃花を巻きこむのは極力避けたかったが」

　憂鬱そうに晴明は言う。

　そこでようやく、桃花は思い当たった。

「わたしに頼みたいことって、もしかして？」

　問いかけを受けて、晴明がうなずく。

「今夜八時、狐の花嫁の代役になってほしい。七時出発の花嫁役は茜に頼んだ」

　真っ先に湧き上がったのは、白無垢を着てみたい、という好奇心であった。

次に、二つの懸念が浮かんだ。

「晴明さん、二つだけ」

「うむ」

「花嫁の応募規定は十八歳以上です。十六歳のわたしでも大丈夫ですか？」

「急なことだからな。健康ならば十六、七歳でも良《い》いと聞いている」

「じゃあ、もう一つ。茜さんは気丈な人だと思うけど、陰陽師の修業をしてるわけじゃないですよね？　危険はないですか？」

桃花がはっとするほど真剣な顔で、晴明は「心配するな」と言った。

「茜には、鳥に変化させた双葉《ふたば》を護衛につける」

晴明は懐から、人の形をした白い紙片を出した。

ひらりと天井近くへ舞ったそれは葡萄色《ぶどういろ》に広がったかと思うと、十歳くらいの少年となって着地した。

式神の双葉は、今日は葡萄色の水干《すいかん》をまとっていた。袖を飾る紐《ひも》は紅色だ。晴明はそばに仕える式神に、春の衣装を見繕ってやったらしい。

「御用でございますね、晴明さま」

「双葉。鷹《たか》に変化して茜についてやってくれ。桃花には私がついていく」

「おまかせくださいませ。茜さまを、おまもりします」

屈託なく了承した双葉の瞳と、晴明の琥珀色の瞳がこちらを見る。

もう、ためらう理由はない。

「狐の花嫁の代役、引き受けます！　両親に報告してもいいですか？」

「ああ。今から桃花の家に行こう。『狐の花嫁が昨夜体調不良になり、代役が必要になった』ということで私からお願いする」

「じゃあわたし『白無垢着たい』ってアピールします。実際、着てみたいし」

「ももかどの、きっと似合います」

曇りのない眼《め》で断言してくれた双葉の頭を、桃花はさらさらとなでた。

危険な存在に対峙すると分かっていても、心が勇み立つ。

——もっと、晴明さんに頼られたい。

京都に何人の冥官がいようと、晴明の弟子は今、自分一人だけなのだから。

＊

花や小鳥が刺《し》繡《しゅう》された衝立《ついたて》を背に、白無垢の花嫁が立っている。純白の綿帽子に縁取られた美しい顔を、桃花は座布団に正座したまま見上げていた。

——茜さん。美人なのは知ってたけど、もはや神々しいよ。

茜の傍らには着付け師の女性がいて、白無垢の襟の位置を調整したり、口紅を紅筆で塗り直したりしている。たとえ白狐の面を被《かぶ》るとしても、その下の顔は美しく粧うのだ。京の祭りの美意識だ、と桃花は思う。

——こんなお座敷《ざしき》が知恩院にあるのも初めて知ったし、役得。

この知恩院は、巡行の出発点にあたる。関係者以外立ち入り禁止の和室には精巧な彫刻が施された欄間や花鳥画の描かれた襖《ふすま》があり、狐の花嫁が身支度するのにふさわしい豪華さだ。

「首が疲れないかい、桃花ちゃん」

すっくと立った姿勢を崩さないまま、茜が言った。二十二、三歳の見目麗しい女性に見えるが、齢《よわい》千年を超える冥官だ。急遽《きゆうきよ》代役を命じられたというのに威厳すら感じられる。

「平気です。着付けもお化粧も、全然見てて飽きない」

「お嬢さん、今のうちにどうぞ楽にしよし。茜ちゃんは和服を着慣れてはるからピシッと立ってはるけど、白無垢は結構な動きにくさやで？」

打掛の位置を調整しながら、着付け師の女性が言った。桃花は初対面だが、茜とは顔なじみらしい。

「桃花ちゃん、ご両親には何て言ってきたんだい？」

膝を崩した桃花に、茜が聞いた。

「晴明さんも行列に参加するし、晴明さんの家でたまに料理を作ってる美人さんも代役だって言ったら、承知してくれました。もちろん茜さんのことですけど」

「ご両親は、知恩院の門前で待っているそうだ」

衝立の向こうから晴明が言った。茜が着付けをするので、見えないよう反対側で待っているのだった。

「うん、やっぱり娘の晴れ姿はスタート地点で一番に見たいよねえ」

茜は深く納得している。着付け師の女性が打掛から手を離し、「そやけど堀川《ほりかわ》先生」と衝立の向こうに呼びかける。

「可愛《かわい》らしいお嬢さん連れてきてくれはって、助かりました。姿勢もええし、手や首の肌もきれいやわ。さすが十代やねえ」

どうも、と短く晴明は応えた。肌に言及されたのが恥ずかしく、桃花はうつむいた。

「おねえさん。そろそろ、七時に」

壁の時計に目をやりながら、茜が言った。茜が白狐の面をつけて巡行する時間が近づいているのだった。

＊

座ったまま身じろぎするだけで、サラサラと絹鳴りが聞こえる。頭を覆った綿帽子のせいだろう。膝に置いた手に伝わる、絹の感触が心地いい。

人力車の座席に収まって、桃花は前方を見た。羽織袴や法被《はっぴ》を身に着けた人々が二列に並んで、八時になるのを待っている。

——晴明さん、どこだろ。

面を通した視界は少し狭い。首を巡らせようとした時、羽織袴に白狐の面をつけた人物が近づいてきた。琥珀色の髪のおかげで、晴明だとたやすく分かる。

「桃花」

人力車の脇に立ち、晴明が呼ぶ。白狐の面をつけたままとはいえ、見上げられるのは不思議な心持ちだ。

「茜は、無事に高台寺に到着した。連絡があった」

懐から晴明が出したのはスマートフォンで、桃花はびっくりした顔になる。面を取ってこの表情を見せたい、と思うほどだ。

――晴明さん、冥官なのにいつの間にそういうガジェットを？

他の冥官が手配してくれたのだろうか。聞いてみたいが今の晴明は「日本の信仰に詳しい休暇中の大学教員・堀川先生」なので、桃花は「はい」とだけ答えた。

「出発まで十分以上あるな」

そうみたいです――と答えかけた時、視界が闇に閉ざされた。

怖がる間もなく、眼前に晴明が現れる。狐の面はない。白い直衣《のうし》に紫の袴を着けた陰陽師の姿だ。藍色の空には月が浮かび、桃花の白無垢も、晴明の直衣も月光を受けてしっとりと輝いている。

人力車に乗っていたはずの桃花は、月明かりの降り注ぐ庭園で晴明の正面に立っていたのだった。

「すまん。また桃花の夢に入った」

晴明は簡潔に言った。

「あ、わたし眠らされたんですね」

我ながら順応が早い。律儀に謝った晴明に、出会った頃とは違う、と感心する。

「自分の夢にいきなり入られたのとは違うからオッケーです。どうしたんですか？」

「双葉の目を通して見た光景を伝えに来た。巡行の途中、円山公園だ」

鳥となった双葉は茜の護衛もしつつ、監視用ドローンの役割も果たしたらしい。

「『扶桑略記《ふそうりやっき》』という平安時代の歴史書を知っているか？」

「ふそうりゃっき……いえ、聞いたことがないです」

桃花は、白狐の面をつけていないのに気づいた。今の自分は白無垢の花嫁姿そのものなのだ。目の前にいる晴明は、新郎ではなく陰陽師の姿だけれど。

「どんな本なんですか？」

「平安時代後期に書かれた、全三十巻の歴史書だ。神武帝《じんむてい》の記述から始まっていることもあって、史料としての価値は高くないとされている。だが、寺社の歴史を研究する者にとっては無視できない書物だ」

晴明の表の顔——研究者・堀川晴明にとっても重要な書物ではあるまいか。そう考えると、少し身近に思える。

「実は大事な本なんですね」

「日本書紀《にほんしょき》・続日本紀《しょくにほんぎ》その他の史書や寺社の縁起、僧の伝記など多様な文献を引用している。さすが、学問の地である比叡山延暦寺《ひえいざんえんりやくじ》の僧が書いただけある」

寺社の縁起とは、神社仏閣の創立の経緯や沿革が書かれた書物だ。

「まるで歴史と寺社の資料集みたいですね、『扶桑略記』って。比叡山の何ていうお坊さんが書いたんですか？」

比叡山は故郷である滋賀県大津市の寺院なので、作者名も気になる。

「皇円阿闍梨《こうえんあじゃり》。生まれは今で言う熊本県。浄土宗《じょうどしゅう》の開祖・法然《ほうねん》の師にあたる」

「浄土宗開祖のお師匠さんってことは、すごく有名な人じゃないですか⁉　全然知らなかった。落ちこみます」

がっくりうなだれる桃花を、晴明は「気にするな」と励ました。

「『扶桑略記』も皇円阿闍梨も高校では習わない。桃花が知らないのも当然だ」

「はい……」

落ちこんだせいで話の腰を折ってしまった、と思う。

「『扶桑略記』に、山科《やましな》の藤尾寺《ふじおでら》で起きた事件が出てくる。歴史学者は『藤尾寺事件』と呼ぶようだ」

「山科って、山科区ですよね。東山区の東隣」

「そうだ。藤尾寺は、石清水八幡宮《いわしみずはちまんぐう》の『新宮』を名乗った。俗っぽい例えをすれば、支店や出張所といったところか」

石清水八幡宮は開運や必勝祈願で有名な神社だ。

京都市街の南西、八幡市《やわたし》の男山という山の上に建つ。

「『藤尾寺事件』って、何が起きたんですか？」

「『新宮』を名乗った藤尾寺が、石清水八幡宮と対立した。石清水八幡宮は、藤尾寺に住む一人の尼を連れ去ってしまった、という事件だ」

「誘拐事件⁉ ひどい。どうなったんですか？ 尼さんは……」

「『扶桑略記』にはそこまで書かれていない」

晴明の表情が曇ったので、桃花はそれ以上の追及を止めた。

「でも、なんでお寺が神社の『新宮』なんですか？」

「神仏習合だ」

「あ、これも神仏習合なんですね。秋に一緒に行った清浄華院《しょうじょうけいん》の御火焚祭《おひたきさい》みたいな」

歴史をさかのぼれば、神への信仰も仏への信仰も渾然一体《こんぜんいったい》だったのだ。

清浄華院の御火焚祭では、寺院の敷地《しきち》内に建つ山王権現社に僧が祝詞《のりと》を上げていた。

「そういうことだ。八幡《はちまん》神という神は、八幡大菩薩《はちまんだいぼさつ》という仏でもある」

どちらも『八幡様』だ、と桃花はおおざっぱに理解した。

「『新宮』を称した藤尾寺の尼は、本堂に八幡大菩薩の木像を置いて多くの人々から大量の貢ぎ物を集めていた」

「大量の貢ぎ物って、悪い人っぽいですけど……『新宮』を自称されちゃった石清水八幡宮は、怒ったんじゃないですか？　現代で言ったら、かなりやばいパクリですよ？　子会社のふりして悪徳商法をしたみたいな」

——どうしてわたし、素敵な花嫁衣装でこんな殺伐とした話をしてるんだろ？

少し悲しくなってくるが、疑問を解消したいという好奇心には勝てない。

「『扶桑略記』によれば、この件で石清水八幡宮は会議を開いた」

「さすが、詳しく載ってるんですね」

開き直って『扶桑略記』を褒める。

晴明といられるなら、多少変わった白無垢の花嫁でもいい、と思う。

心なしか晴明も、こんな時だというのに楽しんでいるように見える。

「どんな会議になったんですか？」

「結論としてはこうだ。『八幡大菩薩は、広く人々を救う有り難い存在である。従って、八幡大菩薩を祀《まつ》り布教する藤尾寺の活動を妨げるべきではない』」

「後で誘拐事件を起こす割に、寛大だったんですね？」

「石清水八幡宮が寛大だったというよりも、八幡大菩薩への畏怖と信仰がそれだけ大きかったのだろう」

「分かる気がします。八幡様がみんなを救う邪魔をしたら罰が当たる、みたいな」

「だが、石清水八幡宮には譲れぬ点もあった。本末関係だ」

「ほんまつ？」

「『本末転倒』の本末だ。本山と末寺の関係、くらいに思っておけばいい」

「藤尾寺の尼さんは、そういう本末関係を守らなかったんですか？」

「そうだ。あくまでも石清水八幡宮が『本宮』であり本流。藤尾寺は『新宮』であり末流。だが、藤尾寺は警告を受けてもなお、本宮である石清水八幡宮と同じ日に放生会を行い続けた」

「質問ばっかりですみません。放生会って何ですか？」

「捕まえておいた亀や鯉《こい》などを放流する法会だ。殺生や肉食を戒める慈悲を実践できる、重要な催しと言える」

「でも、捕まえておいた生き物を解放して『いいことしたなぁ』なんて、変ですよ。マッチポンプで自作自演です」

桃花の訴えに、晴明は皮肉っぽく笑う。

「マッチポンプにも見えるが、あれも一種の呪《しゅ》だ」

「しゅ？ え、えっと……わたしが晴明さんにあげた、雪輪紋の香立みたいな？」

現世で良い休暇を過ごしてほしいという願いを込めた、晴明の弟子となるきっかけとなった香立の話なので少し照れる。

「あれほど強い呪ではない。生き物を解放する動作によって、慈悲深い菩薩と一体化した気分になる。人々に外形だけでも道徳的行為をさせてみるわけだ」

「む、む。菩薩と一体化……。当時の人気イベントなのかなって想像はできました」

「よろしい」

月の光で、晴明の琥珀《こはく》色の瞳がいつもと違う色彩に見える。

もっと近づいてよく見たいのだが、いわば作戦会議中なので桃花は我慢した。

「それにしても……藤尾寺の尼さんは、なぜ石清水八幡宮に対抗したんでしょうか？ 勝手に『新宮』を自称したり、警告されても放生会の日程を変えなかったり。たった一人で、なぜそこまで？」

「桃花。ここからは、『扶桑略記』に載っていないことだが」

「はい」

重要な話だと予想して、桃花は晴明を見つめ返す。長着に羽織姿の「堀川晴明」ではなく、陰陽師・安倍晴明に向かい合っているのだと自分に言い聞かせながら。

「藤尾寺の尼は、妖狐だった」

話がさらに不穏になってきて、桃花は息を呑《の》む。

「藤尾という名前の、藤色の尾を持つ妖狐だった。当時、東で平将門《たいらのまさかど》、西で藤原純《ふじわらのすみ》友《とも》が乱を起こして世情が不安定だった。それを利用して石清水八幡宮の権威を揺るがし、人々から財を吸い上げていたわけだ」

「平将門と藤原純友が同時に……承平天慶《じょうへいてんぎょう》の乱？　いつでしたっけ」

日本史で習った内容が口をついて出たものの、西暦何年頃かが出てこない。

「藤尾寺事件の起きた天慶二年は、西暦で言うと九三九年だ」

「はい。……何年かすぐに言えれば、受験は楽勝なのに」

情けない思いで桃花は笑ってみせる。

晴明は、笑わない。

「天慶二年、私は数えで十九歳だった」

「え。ああっ、晴明さんは、千年くらい前の人だから……」

遠い昔の出来事が突然身近に思われて、桃花は白無垢の胸に手を当てる。

「藤尾狐に、酷《ひど》い目に遭わされませんでしたかっ？」

晴明の顔に微笑が広がって、すぐに消えた。

「そこを気にするのか」

「うう、何も笑わなくたって」

胸にあてていた手を、ぎゅっと握りしめる。

「『今昔物語《こんじゃくものがたり》』か何かに、晴明さんは少年時代から賀茂《かも》何とかさんの弟子だったって書いてありました。先生と一緒に妖狐と対決したのかと思うじゃないですか」

「桃花は勘が良い」

へへ、と笑いつつ、(やっぱり退治に行ったんだ)と桃花は思う。

「ちなみに『賀茂何とかさん』ではない。私の師は賀茂保憲《かものやすのり》という」

「失礼しました」

桃花にとっては師匠の師匠である。名を忘れまい、と決意した。

「当時、私は師とともに石清水八幡宮の神官たちを引き連れ、藤尾寺へ向かった。陰陽術を用いて藤尾寺の尼を捕縛するために」

「どうして晴明さんとお師匠さんが？ 石清水八幡宮と藤尾寺の揉《も》め事《ごと》なのに」

「私の師が藤尾寺の尼は妖狐だと見抜き、朱雀《すざく》帝が『ならば捕らえろ』と勅令を下したからだ。妖狐のために帝《みかど》が動いたとは、とても史書には書けない」

だから『扶桑略記』には妖狐に関する記述がないのだ、と桃花は納得した。

「藤尾寺の尼は人ではなく化生《けしょう》の者、という噂《うわさ》はすでにあった。境内に舞い踊る天女を見て、石清水八幡宮の信者たちが藤尾寺に乗り換えてしまった頃から」

「それって、狐に化かされた状態じゃないですか？　信者の人たち」

「まさにその状態だ。遅くなったが、双葉の見た光景を見せよう」

晴明の言葉に呼応するように、地に伏せる人影が現れた。枝垂れ桜の下で、薄墨色の衣と金色の袈裟《けさ》を広げてぐったりと動かない。

肩のあたりで切りそろえた黒髪は乱れ、厚い唇が呆《ほう》けたように開いていた。

「藤尾狐は今、円山公園にいる」

「この尼さんが、藤尾狐なんですね」

可哀《かわい》そうだ、と思う。

「動けなくなった姿を見ると、気の毒に思えてしまいますけど……」

金色の袈裟には「縛」と書かれた黄色い呪符が張りついていた。そしてもう一枚、薄墨色の袖に貼りついた古びた呪符に、黒い文字が綴《つづ》られている。

封　藤尾狐　天慶二年　於　石清水天満宮

「『縛』一文字の方は、私が茜に持たせた呪符だ。妖狐を縛るための」

「茜さんが呪符をうまく使ってくれたんですね。耳鳴りは？」

茜が生身の人間ではないとはいえ、その点は心配だ。

「いや。『出ていけ』とは言われたそうだが、耳鳴りは起きていない。双葉も無事だ」

「良かった」

「茜が藤尾狐から聞いた話では、今までの狐の花嫁たちにも『出ていけ』と語りかけていたそうだ」

「実際に、人間への敵意を持っていたんですね。何だか悲しくなってきました」

「ほとんどの女性の耳にはその声は届かなかったが、結婚を控えて敏感になっていた昨夜の花嫁には、耳鳴りとして届いてしまった……というところだな」

桃花としては結婚がそれほど負荷を与える出来事だと思えなかったが、マリッジ・ブルーという言葉があるくらいだからそうなのだろう、と納得した。

「天慶二年と書いてある方は……？」

「私の師が藤尾狐を封じた時の呪符だ。藤尾狐は現代になって結界が乱れたのを良いことに、はるばる昔の縄張りに戻ってきたらしい」

この東山地区は、石清水八幡宮から山科へ向かう途中に位置する。

山科へ帰る途上で狐の花嫁巡行が人々にもてはやされているのを見て、腹を立てたようだ――と、晴明は説明した。

「八幡市、つまり京都市街の南西でも結界が緩んでいる。由々しき事態だ」

晴明の声音は落ち着いていたが、決断を下すような力強さを含んでいた。

「呪符の次は桃花に呪文を使ってもらう。段階的に藤尾狐の力を弱めるためだ」

「わたしでは微力すぎるかも……」

「問題ない。桃花の強みにふさわしい呪文を、今から授ける」

「わたしの強み？」

「世界への信頼と、芽吹きのように力強い木気《もっき》」

木気とは、陰陽五行説で言う、世界を構成する五行の一つだ。

言われてみればしっくり来る。初めて使った呪符は方円の桃、次は焔糸杉紋だった。

「『世界への信頼』が、よく分かりません」

疑問を呈した桃花に、晴明は「そうか」とうなずく。

「私には分かる。桃花のご両親の育て方が、良かったのだろうな」

やはりよく分からないが、両親を褒められて悪い気はしない。

「石清水八幡宮にまつわる和歌だ。藤尾狐の存在を感じたら、繰り返し唱えろ」

祈りくる　八幡の宮の　石清水　行く末遠く　仕えまつらん

晴明が一句ずつ区切って詠《うた》うのを真似《まね》ているうちに、桃花の脳裏にある光景が浮かんできた。

岩の間をほとばしる細い水の流れと、白い御幣《ごへい》を掲げる巫女《みこ》。

水の流れは玉のようなしぶきを上げて、遠く、人里まで続いていく。

「祈りくる、八幡の宮の、石清水、行く末遠く、仕えまつらん」

ずっと前から知っていたかと思うほど、和歌はするすると沁《し》みてくる。

「晴明さん。わたしの強み、後で詳しく教えてくださいね」

まただ。最近の自分は晴明に尋ねるばかりで、知識を与えられずにいる。片羽だけが大きな蝶《ちょう》のように、アンバランスな関係だと思う。

それでも、晴明は穏やかな佇《たたず》まいで桃花を見ている。

「後でな」

視界がぼやけ、やがて明瞭になってきた。こちらを見上げる狐の面が見える。

晴明だ。夢から覚めて、狐の花嫁巡行が始まるのだ。

「狐の花嫁さん」

大人の女性の声が呼んだ。

羽織袴に白狐面の晴明の隣に、洋服を着た女性が二人立っている。

背の高い一人はセミロングの髪に毛糸の帽子をかぶり、中背のもう一人は髪が長い。

年齢は、二人とも二十代後半だろうか。

「私たち、昨日の巡行で狐の花嫁になった者です。今夜も出るはずだったんですけど」

背の高い女性が言った。髪の長い女性が、

「耳鳴りが辛くて、おまけに二人ともだから、怖くなってしまって」

と申し訳なさそうに言う。

「代役を引き受けてくれた礼を言いたいそうだ」

二人は晴明の言葉に助けられたように「ありがとうございます」と頭を下げた。

「私たちは、今年結婚を控えていて。縁起をかついで、狐の花嫁に応募したんです」

――幸先《さいさき》が悪すぎますよね。

新しい生活に臨んで縁起をかついで応募したというのに、そんな目に遭ってはたまらない。

——藤尾狐には、分からなかったのかな。この人たちはこれから、赤ちゃんを身ごもって、産んで、育てるかもしれない大事な体だってこと。

藤尾狐が抱く敵意に、また悲しくなってくる。目の前の女性たちに、感情移入しているのかもしれない。

いいんですよ、と言おうとした桃花は、自分の肩や喉がこわばっているのに気づいた。藤尾狐と相見える瞬間に備えて、体が臨戦態勢に入っている。

——この人たちの気持ちを和らげるような、優しい声が出せそうにない。

桃花は真紅の膝掛けから右手を出して、胸を拳で軽くたたいてみせた。突然の雄々しい仕草に、二人の女性は呆気《あっけ》にとられた顔をした。

「『任せておけ』だそうです。今は狐になりきっているので話せませんが」

真顔で晴明が言い、女性たちの表情がふわりと柔らかくなる。

桃花は、大きくうなずいてみせた。

——『今は狐になりきっている』なんて、また晴明さんは真顔で冗談言ってる。可笑《おか》しいが、頼もしいとも思う。

「出発の時間だな。わざわざご苦労様でした」

晴明が二人に一礼し、羽織袴の列に加わる。

俥夫《しゃふ》が人力車を曳《ひ》く準備を始めた。

いってらっしゃい、という女性たちの声に送られて、狐の花嫁行列は行灯の輝く門の外へと動き出した。

＊

石畳の道が赤枠の行灯に照らされ、黒い波のように見物人の群れが揺れる。

白い石塀を越えるほど巨大な生け花は、春の和やかさを表現しながらも豪華《ごうか》絢爛《けんらん》だ。

薄桃色の八重桜が華やかな蜘蛛《くも》のように枝を広げ、名前の分からない黄色い花が愛らしさを添えている。

赤や黄色のグラジオラスと紫の胡《こ》蝶蘭《ちょうらん》が、昇り龍のように高く伸びて妍《けん》を競う。

――芸術だぁ。茶室の花はしつらえの一部。現代生け花は、それ一つで芸術品。

つんと澄ました白狐の面の下で、桃花は東山花灯路の光景に圧倒されていた。

チリンチリンと鈴を鳴らしながら、狐の花嫁行列は進んでいく。

先頭に掲げられた二つの長提灯《ちょうちん》はかなり前方で、行列の意外な長さに今頃気づく。

――そういえばお父さんとお母さん、見つけられなかった。

この見物人の多さでは仕方ないが、少し寂しい。

「狐の花嫁さーん、こっち向いて」

「きれいやわぁ、誰やろなぁ」

そんな声が聞こえて、桃花は苦笑する。狐の花嫁は十八歳以上と決められているので、実は公になっては困るのだ。

「狐の花嫁さーん」

呼ばれるとついそちらを向きそうになるが、楚々《そそ》として座っているのが役割なので我慢する。

円山公園に入ると、まだ咲かない枝垂れ桜が生け花とともに光を浴びていた。

見上げるほど高い枝垂れ桜の枝ぶりに見とれそうだが、この公園の奥に藤尾狐がいると思うと緊張する。

カメラのフラッシュが光る。

はるか前方を進む長提灯と、行灯を持った法被姿の列が見える。その次に羽織袴と白狐の面をつけた人々、そして狐の花嫁、という順番だ。

――あの法被を着ている人たちは、終点の高台寺の関係者だっけ。

重ね着をしていても、法被は寒いのでは、と思いながら目で追っていると、唸《うな》り声が耳に届いた。

「……出ていけ……」

藤尾狐の声だ。呪符で押さえられている苦しさよりも、憎しみの勝った声。

「……われのもの。この地の人間は、われの弄びもの……」

――おもちゃにする？　なぜそんな風に考えるの。聞き出せたらいいのに。

心の中で葛藤しながら、唇で小さく呪文を唱える。

「祈りくる、八幡の宮の、石清水、行く末遠く、仕えまつらん」

行列が進む。フラッシュが続けざまに光る。

憎々しげな声は少しずつ大きくなった。

「……女童か。さっきの女の仲間か……」

さっきの女とは、茜のことだろう。桃花は命じられた通りに唱え続ける。

声には敵意をこめない。心に浮かんだ巫女《みこ》と清水の姿を反芻《はんすう》しながら淡々と唱える。

「違う。お前はただの人間の女童……。われを恐れぬのか？」

藤尾狐の声に、疑問がにじんでいる。なおも桃花は呪文を唱える。

鈴を鳴らしながら、人々の視線とざわめきを受け止めながら行列は進む。

桃花は、膝に置いた手のひらをうごめかせた。びっしょりと汗をかいている。絹の白無垢につけてしまってはもったいない。

「お前からも、居場所を奪ってやろうか。われが、石清水八幡宮の神官たちの面目を潰してやったように」

唱え終えた直後に耳に滑りこんできた言葉に、そうか、と思う。

――誰かの居場所を、奪いたいんだ。たとえばみんなに尊重される石清水八幡宮から信者を奪ったりして。

理由を聞きたかった。しかし、言いつけを破れば仕事を成し遂げられない。

狐の花嫁行列は、円山公園の南の端に近づいてきた。

前方左手の枝垂れ桜の下に、それはいた。

一本の枝垂れ桜が光を浴びているその根元に、薄墨色の衣と金色の袈裟が広がっている。頰を地面に擦《なす》りつけて、色の白い、唇の厚い女性が桃花を見ていた。

「あの男の差し金か。賀茂保憲の弟子がつけていた香と似た匂いがする」

――『あの男』って、晴明さん？　匂いまで覚えているの？

香とはたぶん、出会った頃に晴明から貰《もら》った、よく眠るための香袋のことだ。

学年末試験の間、ずっと枕元に置いていた。

――昨夜も枕元に置いていたから、髪に香りがついてるのかな。

妖狐は嗅覚が鋭いのだろうか。ぼんやりした頭で、そんなことを思う。

和歌を繰り返し口の端にのぼらせているうちに、ひたすら和歌の韻律に没入しているような、妙な心地になっていた。

金色の袈裟がめくれて、藤色の太く大きな尾が現れた。先端だけが白い。

地に伏せる妖狐に、人力車が近づいていく。

「あ、堀川先生、どこ行かはるんです」

誰か男性の声がして、人力車の左側に晴明が出てきた。面はかぶったままだ。

桃花の乗る人力車と藤尾狐の間を遮るようにして、晴明は立ち止まる。

「京の東に居ます牛頭天王《ごずてんのう》にかしこみかしこみ申さく」

祝詞を思わせる言葉を、晴明が発した。

「京の結界繕う地鎮祭、そのさきがけのさきがけ祭、陰陽師安倍晴明とその弟子糸野《いとの》桃花が行いたてまつる」

晴明が黒い袖を翻す。

人力車がその後ろを通り過ぎる。

——晴明さん。

後ろを向こうとしたが、白無垢が窮屈でうまく体をよじれない。

藤尾狐が「お前か……」とうめくのが後ろで聞こえた。

「すみません、行列を飛び出して。向こうに野犬がいたような気がして」

いつもと違う、快活さを装ったような晴明の声も聞こえた。

「ああ、そらたぶん犬の散歩させてる人や。たぶん繋《つな》いではると思うえ？」

先ほどと同じ男性の声も聞こえる。

いたのは、犬ではない。狐だ。

円山公園を抜けて終点の高台寺に入ると、また見物人が増えてきた。

記念撮影をする利生《りしょう》堂の前で人力車が止まると、晴明がそばに来て「もう大丈夫だ」と言った。

「よくやったな」

そう言って晴明は桃花の手を取り、人力車から降りるのを助けてくれた。

「お願いがあるんです」

地面に降り立つが早いか、桃花は小声で晴明に訴えた。

「何事もなかったと、さっきの花嫁さん二人に伝えてください」

分かった、とささやき声で晴明が応える。

「狐の花嫁さんが通られます。道をお譲り願います」

快活さを帯びた「堀川先生」の声で、晴明が見物人たちに呼びかけた。

＊

狐の花嫁行列が無事に終わったその夜、桃花はくたびれ果てていた。

動画を撮った父親の良介と、写真を撮った母親の葉子に「きれいだった」「がんばった」と褒められながら茫然《ぼうぜん》と遅い夕食を食べ、三毛猫のミオにすり寄られてもなでるのが精いっぱいで、猫じゃらしで遊んでやる気力もなかった。

風呂から出た後で両親に「来てくれて、ありがと……」と寝ぼけ眼で言い、「眠い」と独り言をこぼしながら階段を上がり、「ふわー」とつぶやきながらベッドに倒れ込んだのであった。

「晴明さん、結局、全然話すチャンスなかったなぁ」

もそもそと緩慢な動きで掛布団をかぶりながら、桃花はぼやいた。

晴明が逃げたわけではない。

高台寺に入って着付け担当の女性や茜に迎えられた後、少しだけ騒ぎになったのだ。

狐の面を取った桃花の顔が真っ青だ、と。

熱はないか、目まいはしないか、帯を締めつけ過ぎていないか、と大人たちに質問責めにされ、桃花は必死で首を左右に振った。

慣れない経験をしたので血の気が引いただけです――咄嗟《とっさ》に口をついて出た言い訳が、うまくいったかどうかは分からない。

とにかく早く家で休ませよう、ということになり、高台寺まで両親が駆け付けてくれたのは覚えている。帰りのタクシーでは、葉子の肩に凭《もた》れて寝ていた。

――わたしの力って、何ですか。

去年の春に晴明からもらった深い眠りのための香袋を胸に引き寄せ、指先を口元に持っていく。この香りで、藤尾狐は晴明の存在を感じ取ったのだ。

呪文を唱え続けた唇は、少し乾燥している。

――リップクリーム塗らなきゃ。でも、眠い……。

動けないまま唇に触れているうちに、パジャマや布団とは違う布の感触に包まれる。

さらさらと鳴る絹鳴りに、白無垢だと思う。

桃花は白無垢を着て、どこかの庭園に立っていた。

細い川に石の橋が架かっていて、橋の向こうに茶室が建っている。

「桃花、たびたびすまん。夢に入ってもいいか」

茶室から晴明の声がして、桃花は笑った。いつかの夢では、山道に突然扉が現れたのに、今回の出入口は手が込んでいる。

「どうぞ。橋のこっち側にいます」

声に応じて、茶室の狭い入口――にじり口と言ったか――が開いた。

体をかがめて出てきた晴明は白い直衣に紫の袴の、陰陽師の姿であった。

「晴明さん。平安時代には、まだお茶室はなかったと思うんですけど」

「夢にも都合と相性がある。時代よりもそちらが優先だ」

分かるような分からないような理屈を言いながら、晴明は橋を渡ってきた。

「昨日の花嫁二人には、伝えておいた。最終日の二人は何事もなく巡行を終えたと」

「ありがとうございます。お二人は、お元気でした？」

「元気だった。婚約者が迎えに来ていた」

「いいなあ」

橋を渡り終えてそばに来た晴明をよく見ると、小脇に楕円《だえん》形の鏡を抱えていた。

「ここに映し出すのは、藤尾寺事件だ。私が見たままの」

「晴明さんの記憶が見られるんですね。浄玻璃《じょうはり》の鏡みたいに」

いつかどこかで聞いた覚えがある。

閻魔大王の傍らには、浄玻璃の鏡という現世の様子を映し出す鏡があるという。

「捕縛された時の藤尾狐を桃花が見ても平気か、気になっている」

心配されているようだ。

「そんなにひどい目に遭わされたんですか、藤尾狐は……」

「情が湧いたか」

「分からないけど、嫌いだとか憎いだとか、思えないんです」

晴明が黙って聞いてくれているので、深呼吸して考えてみる。

「巡行が終わってようやく気がついたんです。藤尾狐は石清水八幡宮の『新宮』を自称したり、天女の幻を見せて石清水八幡宮の信者を取ってしまったけど」

また殺伐とした話になってしまうが仕方ない、と思いつつ言葉を継ぐ。

「現代で言う凶悪犯や、粗暴犯にあたることはしていないって。放火や殺人や恐喝、暴行みたいな」

「そうだな。藤尾寺事件では確かに、人を直接傷つけたり脅したりはしていない」

「藤尾狐はわたしに、居場所を奪ってやろうかと言いました。石清水八幡宮の神官たちが、藤尾寺に面目を潰されたみたいに」

「確かに、天慶二年のあの日にもそう言っていた」

晴明が若き日の出来事を語りだす。聞き逃すまいと桃花は耳を澄ませる。

「戦に巻きこまれて野狐《やこ》の仲間を失った自分が、人に化けて信者を集めて何が悪いのかと。人に居場所を奪われた自分が、石清水八幡宮の神官たちの地位を揺るがして何が悪いのか、と」

「野狐の仲間がいたんですね。……悲しみに囚《とら》われていたんでしょうか」

「だろうな。藤尾狐は、もともと野狐だった。戦で仲間を失って自分だけが生き残り、年を経て妖狐になった」

野狐が妖狐に変じるほどの年月を、桃花は恐ろしいと思った。

「だから、わがままだとは思いますけど、藤尾狐が傷つけられているところは見たくないです。いえ、藤尾狐が凶悪犯や粗暴犯でもやっぱり見たくないですけど」

「身を傷つけられてはいない。追い詰められて悲しみ、憤ってはいる」

「……見ます。大丈夫です」

陰陽師と白無垢の花嫁は、肩を並べて鏡に見入った。

鏡の中は、夕暮れの世界であった。

旺盛に茂った枝の下、縄で腕を縛られた一人の尼が座りこんでいる。

髪に木の葉が絡んでいるのは、暴れたせいだろうか。

袈裟のあちこちに人の形をした紙片が貼りついているのは、師の保憲が放った式神だ、と晴明が言った。

藤尾狐の厚い唇が開いて、苦しげな声が漏れる。

《すぐにみんな来る。みんな、この石清水八幡宮に攻めてくる。われを助けに》

悔しまぎれに言っているのか、それとも本気で言っているのか。

「藤尾狐は師の式神に縛られ、石清水八幡宮の神官たちに取り押さえられ、藤尾寺から連れ去られた」

「そこに、弟子の晴明さんも居たんですね。そして、お師匠様が封じた」

晴明がうなずく。

「助けは、来なかった」

晴明が手をかざすと、鏡は古びた銀器のように輝きを失った。藤尾狐の姿もない。

「桃花。私は、藤尾狐を生まれ変わらせると決めた」

藤尾狐への憐憫《れんびん》らしき感情を、桃花は読み取った。晴明の瞳が優しい。

「生まれ変わらせるとは、一度命を奪う所業。記憶も力も奪う。だから、私の一存で決めた」

転生とは、一度死ぬこと。転生させることとは、一度殺すこと。

一人で大きな決断を下した晴明は、不安を覚えないのかと桃花は心配になる。

「晴明さん。負担じゃないですか。一人で大きな裁定を下して……」

「桃花の持つ力は、伸びて成長する春の木気と、世界への信頼だ。こちらが動けば、世界は応答するという信頼」

「む、む。世界の応答？　すみません。やっぱりよく分かりません」

「おいおい分かればよろしい。ともかく、そういう桃花と祭りをするのだから、私も世界に信を置いて、藤尾狐を生まれ変わらせる」

晴明は何やら嬉《うれ》しそうだ。

ならば、自分も心配するのはやめようと桃花は思う。

「あの、祭りと言えば藤尾狐に向かって言った『さきがけ祭』って何ですか？　周りの人に聞こえて変に思われませんでした？　びっくりしました」

白無垢の袖をパサパサ鳴らして詰め寄る桃花を、晴明は手のひらで押しとどめる。

「質問は一個ずつ言え、と以前教えた気がする」

「すみません」

「私は、藤尾狐に向かって言ったのではない。八坂神社に棲《す》む牛頭天王に向かって、契約したのだ」

「ごずてんのう。どっかで聞いたような」

「祇園祭《ぎおんまつり》だろう。八坂《やさか》神社の祭神はスサノオノミコトとされているが、牛頭天王と同体、ということになっている」

「と、いうことに？」

引っかかる言い方である。

「私が桃花の名前も挙げて牛頭天王と契約したから、その声は他の者には聞こえなかった。一種の結界だ」

「んん。難しいですけど、その契約の言葉を述べながら、晴明さんは藤尾狐を封じたんですね？『もう大丈夫だ』って言ってたから」

「そういうわけだ」

晴明はなぜか懐から白狐の面を出して、顔につけてみせた。

「桃花。京の地鎮祭の準備をする、といつか言ったな」

「はい。冬に、蝦夷が迫っている時に」

なぜ面をかぶるのだろう、と思いつつ桃花は答える。晴明の声は真剣だ。

表情を見せたくないのだろうか。

どんな表情であっても、見せてほしいと桃花は思う。

「初夏の逢坂《おうさか》の関に生じた瘴気《しょうき》、冬にやってきた蝦夷、そして今回の狐の花嫁巡行。京の東で結界の乱れが大きくなっている。だから今夜、牛頭天王に『京の東に居ます牛頭天王にかしこみかしこみ申さく』と告げた」

「京の結界を繕う地鎮祭の、さきがけの祭りをする……とも言ってましたよね」

「よく覚えているな」

白狐の面の向こうで、晴明が微笑《ほほえ》んだ気がした。

「そうだ。地鎮祭の準備の名を『さきがけ祭』とする」

「はい。さきがけ祭、ですね」

「この名を、告げたかった。受け入れてくれて良かった」

晴明が面を外す。穏やかな表情だ。

「ありがとう。よく休め」

晴明が背を向ける。

白い直衣姿が橋を渡っていく間に、桃花は深い眠りに落ちていった。

翌朝、桃花はコートにしまったままの豆本を出してみた。

中身は相変わらず白紙だったが、赤い市松模様の表紙を見て桃花は「やった」とつぶやいた。

白い題簽には小さな文字で、『さきがけ帖《ちょう》』と題が記されていたのだった。

第二十六話・了

第二十七話

青龍は春に踊る

満開を迎えた八重咲の紅梅があまりに見事で、桃花は言葉を失っていた。

春の薄曇りの空へ黒龍のような枝を伸ばし、花はさながら紅色の鞠《まり》の群れだ。京都御苑《きょうとぎょえん》の黒木の梅は、花の香りを馥郁《ふくいく》と漂わせている。

いつまでも嗅いでいたい、と桃花は思った。

この樹《き》を愛したという貴族・九条《くじょう》家の人々に、親近感を抱くほどだ。

「すうっと甘くて、でも甘すぎなくて、いい香り」

「なっ、桃花ちゃん。梅の香りって、ええなぁ」

同じクラスで美術部の大橋園子《おおはしそのこ》が、陶酔気味に言った。桃花よりも大人っぽい顔がやや上気している。ポニーテールを揺らして花をあおぐ姿は、通りすがりの男子から見ても魅力的に違いない——と、桃花はうらやましく思う。

「うちの理想の美人画は、こういうのんや。凜《りん》と咲いて、周りのいかつい松の樹や広い砂利道や立派な御苑の建物に負けへんの」

ザッザッと砂利を鳴らして黒木の梅から遠ざかる園子に倣って、桃花も後ろへ何歩か歩いてみた。

「この構図がええな。うん」

園子が満足げに言うのも分かる。

芝生に立つ黒木の梅は、背景となる松の巨木や、砂利道の果てに見える御所の門にもひけを取らない。

今日は月曜日だが、試験後なので水曜日まで学校は休みだ。そこで、桃花と園子は昼前から京都市内の史跡を巡り、美術部での自主制作について検討しているのだった。梅が見頃の京都御苑を訪れたのも、その一環である。

「うちは京芸に合格して、こういう情緒を表せる画家になりたい。上村松園《うえむらしょうえん》さんみたいな、美人画の大家を目指すんや」

夢を語る友人に、桃花は「うん」と力強く言った。

それはとても素敵な未来だ。きっと、実現可能な範囲の夢でもある。

「園子ちゃんはきっと、受かると思う」

京芸とは、市街の西のはずれにある京都市立芸術大学の愛称だ。上村松園など優れた日本画家だけでなく、音楽家や芸術学者など芸術の世界で活躍する人材を輩出している。

「桃花ちゃんは、進路どないするの？」

水を向けられて、桃花は「うーん」と口ごもった。秋の終わり頃から似たような会話は何度か交わしてきたのだが、「家から通えるところ」としか答えていない。

去年の夏の終わり、送り火を見ながら晴明に「わたし、京都にいますよ」と宣言したものの、具体的な志望校は絞れずにいる。

「うちと同じ、京芸にしたら？ 成績、そう変わらへんやろ」

「絵は、園子ちゃんみたいに描けないよ。人物がちょっと苦手なの知ってるでしょ」

「んー、苦手て言うか、植物と動物描くことが多いやんな。桃花ちゃんは」

「人物も描かなきゃいけないと思うけど、つい」

「まだ一年生の三月やし、嫌やなかったら、京芸も考えてみてな？」

遠慮がちに、園子は同じ進路を勧めてきた。

「桃花ちゃん、試験休み初日から疲れてそうなとこ勧誘して悪いけども」

「や、嫌なんてことないから。疲れて見える？」

笑顔で手をぱたぱた振って（嫌じゃないよ）と伝えつつ、桃花は友人の鋭さにたじろいでいた。昨夜は狐の花嫁として巡行に加わり、藤尾狐に呪文を唱えて力を弱めるという二つの秘密の役目を果たしたのだ。

気疲れしていない、と言えば嘘《うそ》になる。

「どやろ？ 前髪の感じでそう見えるんかな」

「うそっ、乱れてる？」

「ほんのちょいや。直したげる」

園子が、言葉の通りちょい、ちょい、という手つきで前髪を触ってくる。

額に前髪が当たって、くすぐったい。笑うのを我慢していると、砂利道で花びらが風に渦巻くのが見えた。御苑のどこかで早咲きの梅が散ったのだろう。

よく見れば、生き物らしき何かが花の渦の中心にいる。

緑の胴体に細い手足、黄色い髪に見覚えがある。去年の四月に晴明の庭で見たそれよりも若干小ぶりだが、間違いない。

――疫神《えきじん》だ。三月だからまだ小さいのかな？

春になると花に誘われるように増加する、疫病をもたらす存在だ。

市内の今宮《いまみや》神社で四月に行われるやすらい祭では、花を飾った傘に疫神たちを集めて退治する。初めて晴明の庭で見た時には驚いたが、今はもう慣れたものだ。

「はい、直った」

満足げな園子に「ありがとう」と返事をするものの、桃花は内心気が気でない。

――わたしは呪符を……方円の桃を持ってるから疫神は寄って来なさそうだけど、園子ちゃんの方に来たら大変。

「桃花ちゃん、こっちやで。富小路《とみこうじ》休憩所」

「あっ、うん」

――わたしのそばにいれば、疫神は園子ちゃんに寄って来ない、はず。

園子を庇《かば》うようにして、疫神の横を通り過ぎようとする。

――あれ？　まだ花びらがくるくる舞ってる。

疫神を取り巻く花の渦はまだ続いていた。しかも、黒い筆文字や家紋らしき図柄も舞っているのだ。

――和風フォントと家紋の嵐？　そんなのって、ある？

文字は何種類もあるようだ。「音」「力」「念」の三字は読めたが、画数の多い他の文字は分かりづらい。

そして図柄の方は、既視感はあるものの桃花の知識では正体が分からない。

――ソフトクリームが二本並んで、輪っかを作ってるみたいな形。

まさか、西洋の冷菓が家紋になるわけがない。

――縦に長い花のつぼみかな？　ムクゲみたいな。

家紋にありそうな図柄ではある。

悪い気配ではないな、と思っているうちに、疫神は渦の中心できゅっと縮んで、塵《ちり》のごとく霧散した。

「桃花ちゃん、何見てるん？」

歩きながら後ろを振り返っている桃花に、園子が聞いた。

「『あー、花びらが道に舞ってるなー』って思ってた」

小さな花の渦がほどける。

ひらひらと砂利道に落ちる花びらから目を離し、桃花は何でもない風を装った。

「そうなんや。……桃花ちゃんて、何やかんや言いながら、うまいこと気分転換しながら受験勉強しそうやわ」

「ぼうっとしてるってこと？」

「ちゃうちゃう、言葉のまんまや。そや、花びらが降ってくる日本画はようあるけど、激しく舞ってる日本画は少ないと思う」

「ああ、そんな気がするー」

話題は美術談義になだれこんだ。今の一匹以外に疫神はいないらしく、桃花はほっとした。

――今の文字は何だったんだろ？　もしかして、方円の桃のおかげ？

方円の桃は厄を祓《はら》う呪符だ。正方形の帳面に円が描かれ、外側は紺色に塗られている――というフォーマット部分を晴明が用意し、円の中に桃花の描いた桃の花がある。

邪気を祓うその力が、文字や図柄となって現れたのかもしれない。

——帰ったら晴明さんに聞いてみよう。

それにしても、疫神の消える姿には少々心が痛んだ。毎年やすらい祭で退治されるものではあるけれど。

桃花は、休憩所でどんなランチを注文するかに意識を集中させようとした。

もはやこの出来事は警戒の対象ではないのだ、と自分に言い聞かせて。

＊

いったん家に帰って母親の葉子と三毛猫のミオに「ただいま」を言うと、桃花はすぐに晴明の家に向かった。先ほどの疫神と文字について、早く尋ねたい。

「どうかしたか。今日は授業のない日だが」

縁側から顔を出した晴明は、着物の胸元に赤ん坊を抱いていた。布にくるまれて顔だけ出した赤ん坊は、ぷりぷりとした口を開けて気持ちよさそうに眠っている。

「ああ、そう驚くな。これは昨日の藤尾狐だ」

庭にバッグを取り落として立ち尽くしている桃花に、晴明はこともなげに言った。

「そ、そういう問題じゃありません。早く中に引っこんでください」

極力小さな声で、桃花は注意を喚起する。

無言で、しかし素直に晴明は板の間に引っこみ、桃花は「お邪魔します」と玄関から中に入った。落としてしまったバッグについた砂を、丁寧に落としてから。

「そう怒らなくともよかろう」

奥の和室で待っていた晴明は、一方の腕に赤ん坊を抱えたまま座布団を指さした。

座れ、と言うのだろう。

「今の桃花は般若《はんにゃ》が女子高生になったようだ」

妙な比喩を、桃花は受け流した。そんなことより指南役の出番である。

「無防備に赤ちゃんを抱いて縁側に出て、ご近所の人に見られたら何て説明するつもりですか？」

「知人の子を預かったと言う」

晴明の返答が終わらぬうちに、桃花は首を左右に振った。

現世暮らしに慣れたように見えても、やはりまだまだ習熟度が足りない。

「現代人は、赤ちゃんを託児所とか厚労省の子育て支援センターとか、親戚のご一家とか、そういうところに預けるのが一般的なんです。育児の経験がない独身一人暮らしの若い男性に預けるのは、珍しいと思います」

畳みかけるように説教をしてみせた。

「詳しいな、桃花。色々と業者や施設があるのか」

「ふふん。晴明さんに現世の事情を教えるために、いろんな官庁の公式サイトをたまに見てますからね」

「人に見られると怪しまれるわけだな。よく分かった」

晴明は良い返事をしながらも、赤ん坊を頭上に持ち上げている。「高い高い」だ。起こしちゃいますよ、と注意しかけたが、思いとどまる。

ここにいるのは普通の赤ん坊ではないのだ。

「聞きそびれちゃいましたけど、危なくないんですか？」

「心配は要らん」

「どうして赤ちゃんの姿に？」

「今の藤尾狐は、妖狐ではなく赤子という仮の姿をとっているだけだ。龍が気に入りそうな、邪気のない姿に」

「へえ、龍に会う用事があるんですね……って、ちょっと待ってください。龍って、あの龍？　わたしも会えるんですか？」

桃花が想像したのは、日本画の龍だ。

雲の上を飛翔《ひしよう》し、かぎ爪に宝珠を握り、鹿のような角を持つ神獣。

桃花の基準では「かなりかっこいい」のカテゴリに入っている。大徳寺《だいとくじ》の天井にとぐろを巻いているような、迫力に満ちたイメージだ。

「桃花。期待させたかもしれんが、龍はおそらく人に変化して出てくる」

「えっ……。それはそれで会ってみたいですけど、どうして龍に会うんですか？」

聞きながら桃花は部屋の隅に行って、座布団を持ってきた。

晴明が赤ん坊を下ろせるように、気を遣ってのことだ。

「ああ、ありがとう。どこへ生まれ変わらせるのが適当か考えていて、抱きかかえたままだった」

礼を言って、晴明が座布団に赤ん坊を下ろす。

すやすやと眠る顔を見て、桃花は安心した。

仲間を失って妖狐となった藤尾狐の苦しみや憎しみは、もうここにはないのだ。

「桃花は、京が四神相応《しじんそうおう》の地だと知っているか？」

「知ってますよ。平安京の東西南北に、それぞれ動物の形をした神様がいて、守ってくれるんですよね。そうなるように都を作ったんでしょう？」

「よく分かっているな」

「昔、うちの母と陰陽師の映画を見に行った時にそんな説明が出てきました」

「ほう。四神は言えるか？」

「ええと、地形と関係あるんですよね」

映画のワンシーンに出てきた日本画を思い出す。

筆で簡略に描かれた平安京と、東西南北に配置された神獣たちだ。

「北の山には、亀と蛇がセットになった玄武《げんぶ》。西の大きな道に白虎《びゃっこ》、ホワイトタイガー。南を守るのは朱雀《すざく》、フェニックスかな。で、東の鴨川は、青龍《せいりゅう》……。青龍？」

もしかして、と思い晴明を見る。

「ああ。会いに行くのは、京の東を守る青龍だ」

――すごく偉い龍だ！　て言うか、偉い神様だ！

「その青龍様が、藤尾狐を生まれ変わらせてくれるんですか？」

「いや、そうではないが。青龍に伺いを立てねばならん」

伺いを立てる。

高校生の桃花には耳慣れない言い回しだが、「上に立つ人物に報告をして、問題がないか判断してもらう」くらいの意味だ。

「藤尾狐は狐の花嫁に耳鳴りを起こさせ、京の東に住む人々に不安を与えた。藤尾狐の魂を罰することなく生まれ変わらせて構わないか、一応聞いておく必要がある」

「青龍様が、京の東を守る神様だからですね。陰陽師の世界って、義理堅いんですね」

今度は晴明が「ふふん」というような笑いを漏らした。

「義理堅い、か。なかなか現世風な言い回しだ」

――晴明さん、嬉しそう？　さっき現世のことでわたしから教育的指導が入ったから、『義理堅い』って褒められて喜んでるのかな？

実は分かりやすい人かも、と思った桃花は、もともとの用事を思い出した。

「あのう、赤ちゃんに度肝を抜かれて、言うのを忘れてたんですけど」

「桃花も語彙が豊かになってきたな。どうした」

座布団で眠る赤ん坊の頬を指でつつきながら晴明が応える。

「お昼頃、御苑で疫神が家紋と筆文字の渦にやっつけられるのを見たんです」

「詳しく教えろ」

晴明に促され、桃花は（早く言えば良かった）と後悔する。

「ひょっとして、持っていた方円の桃が助けてくれたのかと思ってました」

「家紋と筆文字、という顕現の仕方には心当たりがない。何があった？」

「黒木の梅を、友だちと見ていた時なんですけど……」

桃花の報告に耳を傾けている途中、晴明は指で空中に何かを書いた。

どうやら「音」「力」「念」の三字のようだ。

「で、桃花の言う『並んで輪っかになったソフトクリーム二本』だが」

「ない、ですよね。そんな家紋」

「ない。思い出して、絵に描いてみてくれ」

美術部で良かった——と桃花は心から思った。

実物そのまま、とまではいかないが、見たものを描くのは慣れている。

「こうです。上がもくもく雲みたいで、下半分はラッパみたい」

示された絵を見て、晴明はあっさり「分かった」と言った。

「桃花。これは『抱《だ》き杏葉紋《ぎょうようもん》』だ」

絵の下に「抱き杏葉紋」と書いて、晴明は「ソフトクリームではない」と言い添えた。

笑われている気がして桃花はきゅっと口をつぐむ。

「モチーフが合わさって丸を描くような形を、紋の世界では『抱き』と表現する。たとえば、柏《かしわ》の葉が二枚で丸を描いていれば『抱き柏』だ」

「うう、勉強になります」

ソフトクリームと表現したことが恥ずかしい。しかし晴明は淡々としたものだ。

「双葉を見に行かせよう」

晴明は懐から人の形をした白い紙片を出した。

宙に放ると、洋服姿の双葉が現れてすとんと正座した。近所の小学生、という風情である。

「ていさつでございますね、晴明さま」

「今から書く呪符を持って、御苑の周辺を歩いてくれ。桃花が見たものを捕らえる」

「御意」

――どんな呪符だろ？

晴明は和紙に文字を書き連ね、茶筒らしき道具を描き加えた。

――茶筒にしては、縦に長いかな。

桃花が考えている間に、晴明は筒の部分に細かな文字を書き《か》綴《つづ》っている。

「これでよし。頼むぞ双葉」

「いってまいりまする」

命を下した晴明は、くるりと桃花を振り返る。

「桃花はこれから、私と清水寺の奥へ行く。青龍に会うぞ」

はい、と張り切って返事をする。清水寺《きよみずでら》の奥とは、何とも神秘的な響きである。

「あっ、でも、赤ちゃん……藤尾狐はどうするんですか？」

「もちろん連れていく。家の井戸を通って、山の上の方まで行く」

「つくづく、便利ですよね」

晴明の家の井戸には、閻魔庁へつながる井戸がある。地下の通路は、現世のさまざまな場所へつながっているのだった。

「こういう時こそ活用せねばな。私が桃花と赤ん坊を連れていたら、未成年誘拐および略取に見えるかもしれん」

「わたし、今年の夏で十七歳ですよ。誘拐なんてされません」

仮定の話といえど、聞き捨てならない。

不満に同意してほしくて目で双葉を探したが、忠実な式神はすでに門を出て京都御苑に向かうところであった。

*

晴明の言った「清水寺の奥」とは、もしや境内の外では——と桃花は思った。

ほのかに明るい石造りの通路を抜けると、淡い緑や常緑の木立にまぎれて、朱色のあざやかな三重塔《さんじゅうのとう》や観光客の雲集する清水の舞台が見えたからだ。

桃花と晴明の立っているあたりは赤い藪椿《やぶつばき》が咲いて、足元に落ちた花がまるで敷物《しきもの》のようだ。

「あれは子安塔《こやすのとう》だ。入口近くにある三重塔よりも小さいが、五百年以上前に創建された。安産祈願の利益があるとされている」

胸に赤ん坊を抱えたまま、観光ガイドよろしく晴明が言った。

「何だか、生まれ変わりの話をするにはちょうどいいスポットですよね。ところでわたしも抱っこしたいです」

両手を差し出したが、晴明は「駄目だ」と即答した。

「人間の気配が染みるのは避けたい。人間ではないものに生まれ変わらせるからな」

晴明は左腕だけで赤ん坊を抱えると、右手の人差し指と中指をそろえて立て、木立の奥へと向けた。

「仙師《せんし》勅令《ちょくれい》。京洛《きょうらく》の青龍、地に応じ星に応じ、顕現せよ」

呪文らしき言葉が終わると、晴明は右手を下ろした。

陽光を照り返す藪椿の葉が風に揺れ、ザワザワと音を立てる。

ひときわ大きく揺れる藪椿の陰から、青い衣を着た黒髪の少年が歩み出た。

——青龍さま、服が中国風だ！

可愛《かわい》い、と声に出してしまいそうで、桃花は両頰に手を当てた。

青い衣には緑色の龍が刺繡されている。昔の日本ではブルーもグリーンも「あお」だったのだ、と美術部で習ったのを思い出す。

その下には象牙色の細い袴を穿《は》いて、足には刺繡の施された布靴を履いている。

美しい結び目を持つ赤い紐が耳の上から垂れ下がって、いかにも中国の装飾らしい。

「晴明公、久しいな！」

無愛想とは無縁のはしゃぎ声で、青龍は駆けてきた。

視線を晴明の抱く赤ん坊に注ぎながら。

「その赤子は誰だ。人ではないな」

「青龍どの。息災そうで何より」

差し出される青龍の腕に、晴明は赤ん坊を委ねた。

「んーん、ちと、妖狐の気配がするのう」

赤ん坊の頭のてっぺんに鼻を寄せ、青龍はつぶやいた。

怪訝《けげん》そうではあるが、しっかりと抱きしめている。

「さすがに気づいたか。藤尾寺の藤尾狐だ」

「藤尾狐……。はて。おお、石清水八幡宮に連れ去られたという」

「結界の乱れに乗じて京の東に戻り、悪事を働いてな。この娘の助力も借りて、再び封じた」

晴明の視線を追うようにして、青龍が桃花を見る。

「初めまして、青龍さま。弟子の糸野桃花です」

ぺこり、と頭を下げる。

「お初にお目にかかる。まだ若いのう。どこの学校の子かの？」

ご近所の人みたい、と思いつつ桃花は答える。

「洛新《らくしん》高校、もうすぐ二年生です」

「うむうむ。晴明公の弟子と学業の両立、励んでおるのだな」

赤子を抱きしめたまま、桃花を励ましてくれる。

子ども扱いされても嫌ではないのは、相手が人とはかけ離れた存在だからか。

「青龍。藤尾狐を、野狐の子に生まれ変わらせたい。新しい親の元に」

「ほ。わざわざ律儀に、伺いを立てに来てくれたか」

目を細めて、青龍は微笑んだ。

十二、三歳の比較的小柄な少年に見えるが、どことなく貫禄《かんろく》がある。

「青龍どの。藤尾狐は、将門の乱の頃には不安に乗じて民から財を集めた」

「事件のあらましは神仏から仄聞《そくぶん》しておるよ。眠っておる時間も長いが、われはずっとずっと京におるもの」

おくるみから出た赤ん坊の手を、青龍はそっと戻してやる。

「今度はどんな悪事をしたのかの?」

晴明と桃花が昨夜の事件について語る間、青龍は「ふむ、うむ」と相槌《あいづち》を打ちながら腕の中の赤ん坊を優しく揺らしていた。

「なるほどのう。それで晴明公、なぜ生まれ変わらせてやろうとするのか、教えてくれまいか? 封じたままにする方法もあろうに」

「理由は二つある」

「ほう? どのような」

「石清水八幡宮に連れ去られた藤尾狐は、仲間が自分たちを助けに来ると叫んでいたが、誰も来なかった。仲間と言っても、藤尾寺の信者や召使いのことだ」

「悪をなす者にありがちな成り行きだが、哀れよの」

眠り続ける赤ん坊の顔を覗《のぞ》きこみながら、青龍は言う。

「つまりは、晴明公。連れ去られた時点で、藤尾狐は有り難い尼御前の地位から滑り落ちたわけよの。そして人々から見捨てられた」

「そういうことになる。私は、師が藤尾狐を封じる間、そばで見ていた」

赤ん坊を挟んでひどく残酷な経緯が語られている。

桃花は、落ち着かない気分になった。

「二つ目の理由は、藤尾狐が十分に罰を受けたと思われることだ。封じられて千年もの時間が過ぎ、耳鳴りを生じさせる程度の力しか残っていなかった」

情状酌量の余地がある、と晴明は言っているのだ。

「私は藤尾狐を野狐の夫婦の元に生まれ変わらせ、新たな親と生活を与えてやろうと考えている」

——晴明さん、それ、すごくいいかも。

転生とは一度命を失うこと、これまでの記憶を失うことだ。

それでも、仲間を失って妖狐と化した藤尾狐を、もう一度野狐として生まれ変わらせるのは、悪くない方向だと桃花には思える。

「晴明公の決定に異存はない。記憶も力も奪って、新たな親の元に生まれ変わらせるのは良いかもしれぬ。だが了解する前に、少しばかりわれを手助けしてはくれまいか。黙って陰陽師の言うことを聞いては面子《めんつ》にかかわるでな」

少年の顔をして、老獪《ろうかい》な大人じみたことを言う青龍に桃花は内心で驚いていた。四神と陰陽師の間には、微妙な力関係が存在するらしい。

「聞こう」

ためらう様子もなく晴明が言い、青龍は「異物じゃ」と話の口火を切った。

「今朝早く、この清水寺で青龍会の予行演習があった。明日から二日間あるでのう」

――青龍会？

狐の花嫁巡行に続いて、またも未知の催しが出てきた。話について行けるかどうか、桃花は心配になる。

「お弟子は知らぬようだ。清水寺の門前町に住む者たちが始めた行事じゃ。作り物の龍を踊らせ、仮装した者が付き従う。新しい祭じゃ」

「ありがとうございます。狐の花嫁巡行みたいに、新しい行事なんですね」

「うむ。『長崎くんち』なる遠国の祭を参考にしたそうな」

「あっ、テレビで見たことあります。長くて豪華な龍のお腹に棒を何本もくっつけて、一人ずつが支えながら踊らせるんですよね」

「さよう、さよう。仮装も美しゅうして、手間暇かけて行われるのだ」

勇壮な龍の舞がこの京都でも見られるとは、お得な話——と桃花は思うのだが、導入には苦労も多かったのでは、と想像できた。

「この龍は、踊りながら門前町の商店にも突入するでの。万全を期して練習を重ね、今朝は参拝客のおらぬ早朝に、境内で予行演習をした。わしは山の上から見ておったが、妙な気配が混じっておった」

「妙、とは」

短く晴明が問いかける。青龍は首をひねった。

「よく分からぬ。非常に懐かしいような気配だったがの。神でも仏でも人間でもない」

——うーん、ほっとくのは、まずいですよね。結界が乱れている時だから。

桃花も無言で首をひねる。

「心当たりがないこともない」

「何と、まことか！　晴明公」

「まだはっきりとは言い切れない。ところで今更だが、青龍。この清水寺は、観音菩《かんのんぼ》薩《さつ》の聖地だな」

「おう、もちろん」

怪訝な顔をする青龍に、晴明は小さくうなずいた。

観音菩薩にまつわる何かが起きているのだろう、と桃花は推測した。

青龍も似たような推測をしたらしく、表情を和らげた。

「何が何やら分からぬが、晴明公にお任せしよう」

「すまんが、藤尾狐を預かってもらえるか。独身一人暮らしで赤子の世話をしているのは不自然だ、と弟子に言われてしまった」

師弟のやり取りを漏らされたのが照れくさく、桃花は「む」とつぶやいた。

「預かろう、預かろうぞ。かわゆいのう」

青龍は抱いた赤ん坊を揺らし、頬をつついた。龍が気に入るように仮の姿を赤子に、という晴明の案は見事にうまくいっている。

「あ、あの、青龍さん。一つだけ」

どうしても気になって、桃花は口を開く。可愛いもの好きに違いない、と思いつつ。

「何かの？」

「耳の上につけた、アジアンノット。可愛いから、よく見せていただけませんか？」

「おお、これか。ほれ」

桃花が自分の耳を指さしてみせたので、すぐ何のことか伝わったようだ。左の耳を桃花にひょいと向けてくれる。

「梅の花みたいな、五弁の花の形ですね。やっぱり可愛い」

「あじあんのっと、とはどういう意味かの？」

「アジアの結び目ってことでそういう呼び名なんですよ。ノットは、結び目」

「ほうほう」

「アクセサリーとか、お菓子の包装とか、和風や中華風のコスプレで見たんです。台《たい》湾《わん》旅行で見た服にもついてました」

「古より続く結び目じゃが、現世の今どきの娘から見ると『可愛い』となるわけだの」

「この娘の二つ名は『結び桜の子』という。私が与えた紋だ」

晴明が言い、青龍は「良きかな」と歌うように言う。

「めでたき名ぞ。結び目には神が宿るでの。そうか、われの髪飾りは早春の結び梅。

この娘は、春の結び桜の子か。奇《く》しき縁よの」

「ところで青龍。明日の青龍会、出てこられるか？　成果を報告したい」

「かまわぬよ。青龍会の最中が良いか」

「そう願いたい。できれば開始時」

「では待ち合わせ場所は、龍の舞が始まる奥の院じゃの。おおそうだ、結び桜の子」

「はい？」

「どのような服で出てくるべきか、教えておくれ。現代の人間の格好は、よう知らぬ」

「仰せつかりましたっ。スタイリストですねっ」

びしりと敬礼のポーズを取る。

肩にかけていたバッグから、小ぶりなスケッチブックを取り出した。

「わたし、学校で美術部なんですよ。人物画はあまり描けないけど、部員のみんなと色々な衣装のデザイン画を描いてみたことがあって」

スケッチブックを開いて、青龍に見せる。興味のなさそうな顔で、晴明も見に来た。

着物をアレンジしたワンピース、これは少女向けだ。

フレアスカートとボレロの組み合わせ、これも違う。

「あ、あった。こちらをベースにするの、どうですか？」

桃花が示したのは、サスペンダー付きのハーフパンツと襟のきっちりした白シャツ、ショートブーツの組み合わせだった。

「西洋風だのう」

「青龍さまはシュッとした男の子だから、こういうの合いますよ。ちょっと待ってくださいね、出来合いのまんまじゃスタイリスト失格ですから」

バッグからペンを出して、デザイン画に描き加える。

「帽子があるといいですね。左側の赤いアジアンノットが見えるように、右側のキャスケットを斜めに被るの」

「きゃすけっと？」

桃花のペンを目で追って、青龍は「おお、鳥打ち帽のことか」と感心した。

「どうぞお納めくださいませ」

スケッチブックからその頁《ページ》だけを切り離す。青龍は赤ん坊を抱えたまま器用に受け取った。

「礼を言うぞ、結び桜の子」

明日会うのが楽しみになるような笑顔で、青龍は桃花と晴明を見送ってくれた。

＊

地下を通って晴明の家に戻ると、縁側に双葉が腰かけて待っていた。

膝には白猫の瑠璃《るり》が丸まっていて、晴明と桃花が門から入ると青い目を開けてにゃあと鳴いた。

「晴明さま、桃花どの」

双葉は晴明と瑠璃を見比べて、立とうかどうか迷う挙動を見せた。

「立ちあがったら、るりを落としそうです」

「ああ、そのままでいい」

晴明が言った途端、瑠璃は双葉の膝から縁側の上に下りた。

三人の注目をたっぷり浴びながら、真っ白な前足をそろえて伸びをする。

「晴明さん、瑠璃ちゃんに遊ばれてるみたい」

笑いだした桃花を、晴明はひと睨《にら》みする。

「ごめんなさい」

「まあよろしい。どうだった、双葉」

晴明が、桃花と双葉の間に挟まれるような格好で座った。その膝に瑠璃が当然のごとく乗る。

「とらえました。胸ポケットに呪符を入れておりましたら、抱き杏葉と筆文字が、風で寄ってきたのです」

双葉が呪符を取り出して広げた。

楓《かえで》の若葉が萌《も》える庭に、抱き杏葉と筆文字が舞う。

筆文字は「念」「彼」「観」「音」「力」の五文字だ。

「『念彼観音力《ねんぴかんのんりき》』と読む。観音経と呼ばれる経文に何度も出てくる語句だ」

「ねんぴ……？」

「桃花どの。かんのんぼさつの力を念じれば、という意味です」

「観音経では、『念彼観音力』という文言の後にさまざまな観音の利益が語られる。

あれはつまり、経文の付喪神《つくもがみ》だな」

舞う文字を指さして、晴明が言う。

付喪神とは、古い道具があやかしとなった存在だ。

「生き物の形をしていない、言葉を語らない付喪神もいるんですね」

桃花が今まで出会った付喪神は子どもの姿をしていたり、羽織袴を着た鳥の姿をして、人と同じように会話できた。

しかしこの付喪神は、様子が違う。元が普通の生活用具ではないからだろうか。

「古い観音経から『念彼観音力』の語句と、清水寺の寺紋たる抱き杏葉がこぼれ出た。御苑で疫神を退治したのは、さすが観音の力と言うべきか」

宙を舞う抱き杏葉が引き連れていく、「念」「彼」「観」「音」「力」の五文字。

蝶の群れに似た一体感がそこにあった。

「しっかり見たか、桃花」

「はい、ばっちり」

一応、といった口調で晴明が聞いた。

返事をみなまで聞かぬうちに、晴明が呪符をひらめかせる。引き寄せられた付喪神は、茶筒らしき道具にするすると吸いこまれていった。

「晴明さん。その茶筒みたいなのは、何ですか？」

笑われるかと思ったが、晴明は「いい質問だ」と言った。

「これは経筒という。経文を入れる筒で、素材は金属や陶器などがある」

「今なら本屋さんで製本したお経が買えるけど、昔のは和紙や布ですもんね」

「そうだな。壊れないよう、堅牢《けんろう》な材料で作る」

　桃花は母親の葉子が愛用しているスパゲティストッカーを思い出した。固い筒状の保存容器、という点で似ている。

「経を収める経筒を呪符に描くことで、経文の付喪神を引き寄せたわけだ」

「えっと、晴明さんは、わたしの話を聞いただけでお経の付喪神って分かったんですよね？『念』『音』『力』の三文字だけで、どうして？」

　上体をひねった拍子に、瑠璃が「みゃあ」と鳴いて桃花の膝から晴明の膝に移った。寝床にはじっとしていてほしいらしい。

「四字熟語の穴埋め問題のようなものだからな。それに抱き杏葉は、清水寺の寺紋だ」

「あ、清水寺のご紋なんですね」

「正確には『園家抱杏葉紋《そのけだきぎようようもん》』という」

「だから晴明さん、青龍さまから『青龍会に異物がいる』と言われて、すぐ目星がついたんですね。二つの出来事は、実はつながってた」

　瑠璃がゴロゴロと喉を鳴らす。

　晴明は瑠璃の額をなでてやって、桃花に手渡した。

「少し待て。青龍会の動画を見た方が早い」

「ど、動画？」

晴明が棚の上からノートパソコンを下ろしてきたので、桃花は仰天した。

「この間はスマホ持ってたし、晴明さん、最近ガジェットづいてますね？」

「富子《とみこ》姫が手配してくれた」

桃花も会ったことのある冥官の名を、晴明は挙げた。

「いつだったか桃花が見せてくれた動画サイトがあったな。そこに、京都観光に関わるチャンネルがいくつか入っている」

てきぱきと流れるような手つきで目的のサイトを開く晴明に、桃花は複雑な思いを抱いた。

「すっかり現世の人になっちゃって、指南役は嬉《うれ》し寂しいです」

「何だその表現は」

突然、勇壮な法螺貝《ほらがい》の音が響いた。

画面の中で、金と緑の龍が石段を下りてくるところであった。

緑と灰色の装束をまとった担ぎ手に支えられ、うねりながら首をもたげる。

「龍の顔を見てみろ。色が違う」

畳に手をついて、桃花は画面に近づいた。龍の顔の部分は、白いテープ状の紙に黒い筆文字を綴ったものであった。

「まるで模様入りのマスキングテープみたい、だけど……」

「一行ずつ細く切った経文だ。百数十年は経《た》っている」

信じられない。

桃花はさらに画面に顔を近づける。

「こんなきれいに貼れるものですか？　顎の曲線まで表現できちゃってますよ？」

「実際、うまくできている」

画面の中では龍が金色のたてがみをなびかせて和菓子屋に突入していく。法螺貝が鳴り担ぎ手が吠《ほ》え、観光客がどよめく。

「この龍の頭に貼られたお経……ええと、観音経から、付喪神が生まれたんですね。それを知らない青龍さまは、異物だと感じてしまった……」

早く伝えてあげなくては、と思う。

「ところで、桃花」

動画を停止させて、晴明が言った。

「将来は服のデザインをしたいのか？」

「えっ？　さっき、青龍さまに現代の服のアドバイスをしていたからですか？」

思ってもみなかった将来だ。

「とんでもないです。青龍さまにも言いましたけど、人物画はちょっと苦手で。可愛い服も好きだけど、美術部でたまたま、みんなで衣装を描いてみることになっただけなんです」

手をばたばたと振って否定した。

「でも今は、青龍さまに喜んでもらえたから」

胸の前で手を組み合わせ、桃花は青龍の笑顔を思い出す。

「人物画を、もっと描いてみたいと思うんです。衣装を着る人の喜びや、心地よさを想像しながら」

「そうか。教師として、青龍にお株を奪われたな」

意外にも気落ちした声で、晴明は座卓に肘をつく。悲しそうだ。

「や、晴明さん。お、落ちこまなくたって」

晴明は返事をしない。

双葉は寝そべった瑠璃の前足に触れたり肉球で打たれたり、呑気《のんき》に戯れている。

何とかして元気づけねば、と桃花は思った。

「晴明さんに、いつも見守ってもらってますから。『お株を奪われた』なんて、思わないでください」

座卓に肘をついていた晴明が、こちらに手を伸ばす。

――あれ、頭をなでられる？

と思ったが、そうではなかった。晴明の手は、縁側に置いたままの桃花のバッグを指していた。

「善は急げ、鉄は熱いうちに打て。今から人物画を描いてみなさい。『衣装を着る人の喜びや、心地よさを想像しながら』」

自分の発した言葉を晴明が繰り返している。

多幸感が体の奥底から広がり、やがて右手に宿るのを感じた。

描きたい、と衝動に突き動かされるままに、桃花は縁側へ向かった。

「晴明さん」

バッグから気ぜわしくスケッチブックを出しながら、室内に戻る。

「さっき拗《す》ねてみせたの、わたしに絵を描かせるためですか」

「拗ねてなどいない」

そっけなく否定して、晴明はノートパソコンを片づけはじめた。ネット依存の心配はなさそうである。

「さあ、場所は空けたぞ」

「描きますよう。急かすのやめてくださいよう」

ふざけた口調で返しながらも、桃花は人物の全体図を鉛筆で描きはじめる。

「ねえ、晴明さん」

鉛筆をふと止めて、呼んでみる。

晴明は、瑠璃と戯れる双葉をそばで眺めているところだった。

「志望校のことなんですけど。京芸について、調べてみたいです。どんなところか、どうやったら合格できるか」

琥珀色の瞳が明るい色を帯びる。口もとに笑みが浮かぶのを、桃花は確かに見た。

「楽しみだな」

受かるとも言わず、無理だとも言わない。

自分の師の声が暖かな毛布のように感じられて、桃花は『楽しみだな』と心の中で繰り返した。

第二十七話・了

第二十八話 子守唄の生まれる場所

広がる雲を青空ごと喰《く》らうように、緑の龍が躍り上がった。

法螺貝が鳴り、甲冑《かっちゅう》を着た武人たちが錫杖《しゃくじょう》を鳴らして龍の先触れを務める。

平日であるにもかかわらず、清水寺の青龍会は盛況である。

奥の院の檜舞台《ひのきぶたい》からは、広がる京の街と盆地の果ての山並みがよく見えた。

「晴れて良かったですねっ」

半ば叫ぶような調子で、桃花は晴明と青龍に声をかけた。

法螺貝だけでなく観光客のざわめきも圧倒的で、声がかき消されそうなのだ。

「お弟子どの、奥の院の眺めもなかなかじゃろう」

キャスケットを斜めにかぶった少年が、得意げに言う。

青龍は桃花の提案通り、洋装一揃《ひとそろ》いに赤いアジアンノットを着けてきたのだった。

「はい、清水の舞台が下の柱までズダーンと見えて最高です！　あっちこっちに梅や桃の花が見えるし！　みなさんの衣装もきらっきらに映えてるし！」

奥の院と聞いて桃花は山奥の薄暗い場所に建つ質素な堂宇を想像していたのだが、とんでもない話であった。

視界は開けて、有名な本堂の檜舞台――いわゆる「清水の舞台」を横から眺めることができる。

江戸時代初期に建てられたという奥の院の堂宇《どうう》は朱色や緑色を塗り直され、外観が美しい。本堂と同じ懸造《かけづくり》で、規模こそ小さいものの檜舞台もよく似ている。

「頃合いだ、青龍。『観音経』の付喪神を元の場所に帰そう」

晴明が着物の懐に手を入れる。

四つ折りになった呪符の隙間から、抱き杏葉紋に引き連れられた「念彼観音力」の五文字が舞い上がる。

「おお、確かにあれは『念彼観音力』。そして清水寺の御紋」

言葉を持たぬ付喪神の舞うさまを、青龍は眩《まぶ》しそうに見上げる。

観光客に囲まれて、緑の龍は踊る。

付喪神は蝶の一群のように宙をひらひらと移動して、龍の頭を覆う経文に吸いこまれていく。

「生まれていたとはのう。あのようなところに付喪神が」

「龍自体は現代の造形物だが、顔に貼られた経文は古いからな。たまに迷い出て疫神を退治することもあるだろうが、心配せず放っておくといい」

「いやはや。手数をおかけしたのう」

青龍は晴れ晴れとした顔で、檜舞台から石段へ向かう龍を眺めている。

「藤尾狐はどこかで休んでいるのか。青龍」

「心配ご無用。非公開の子安塔の中で眠っておる……が、そろそろ戻ってやりたいのう。今は心も赤子じゃもの、不安であろ」

サスペンダーを手でもてあそび、青龍はややそわそわしている。

「早くも情が湧いているようだが、新しい親が決まりそうだ」

晴明が言うと、青龍は「なんと」と目をぱちぱちさせた。

「なんとまあ、早いことよ」

「私の式神を通して、宗旦狐《そうたんぎつね》に頼んだ」

「宗旦とは、千利休《せんのりきゅう》の孫ではないか？　茶人の」

「その千宗旦に化けていた狐だ。今は哲学の道のあたりで茶室を開いている。なかなか顔が広い」

年末に宗旦狐の茶室へ行ったのを思い出して、桃花は和菓子が恋しくなる。

「親になりそうなのは、どのような野狐かの？」

桃花も気になる。生まれ変わった藤尾狐を、大事にしてくれるだろうか。

「式神から聞いた話では、子宝を求める野狐の夫婦がいるらしい。陰陽術を介して母親の胎に宿らせるならば、無事に子を持つことが可能ではないか、というところまで話が進んでいる」

「ほう……」

「明日、宗旦狐の茶室で会うことになっている」

「大儀だの」

労《ねぎら》う口調で青龍が言い、晴明は「何のことはない」と返す。

「お弟子も、また楽しき服を描いておくれ」

「はいっ。青龍さまのおかげで、人物画が楽しくなってきました」

「何より、何よりじゃ」

桃花の言葉に気を良くしたのか、青龍はキャスケットを取って大きく振りながら、山の奥へと帰っていく。

おお、とどよめきが上がって、桃花は振り返った。

緑の龍がうねりながら地主《じしゅ》神社の石段を駆け下りているところであった。

金の仮面で顔の上半分を隠した女性が、手にした鉦《かね》を叩《たた》きながら龍を先導する。

北欧の戦士に似た、鼻筋まで保護する兜《かぶと》をかぶった武人が錫杖を鳴らす。

梅花に飾られた景色の中、青龍を奉戴する一群は豪奢《ごうしゃ》な仁王門をくぐっていった。

＊

翌日、三月十五日。宗旦狐が営む茶室「吉報庵《きっぽうあん》」の庭には、まだ椿が咲いていた。

しかし陽射《ひざ》しの柔らかさは春特有のものだ。

真昼に近い光の中で茶釜がふつふつと湯気を立て、まるで笑っているように思える。

桃花は晴明とともに、吉報庵の母屋にいた。

狭い茶室でなく母屋に招かれたのは、今日ここに藤尾狐の親候補である夫婦が来るからだ。いったいどんな夫婦が来るのか、桃花は気が気でない。

宗旦狐のように茶人然とした夫婦か、それとも桃花の両親のように騒がしい夫婦か。

どちらにしても、成長した藤尾狐に会わせてくれたらいいな、と思う。

——藤尾狐が幸せに暮らしているところ、見たいもの。

「晴明公。休暇や言わはりますけど、その実あまり休めてはらへんのと違いますか？」

目尻に皺《しわ》を寄せて、茶人は晴明に笑いかけた。

吉報庵の主、宗旦狐である。外見は五十代くらいの和服姿の男性だが、齢は四百年を超えるらしい。

狐の営む茶室に、狐の夫婦がやってくる。

用件は、狐の転生について。考えてみると不思議な場だと桃花は思う。

「事態が事態だからな。寝て過ごすわけにもいくまい」

「『春眠暁を覚えず』は遥《はる》かな夢どすな」

漢詩の一節を引き合いに出して、宗旦狐は茶釜の湯を汲《く》んだ。

抹茶碗《わん》を湯で温めておくためだ。

いくつかの抹茶碗の中から桃花が選んだのは、桜を描いた清水焼《きよみずやき》の茶碗《ちゃわん》である。

晴明が選んだのは花曇りの空に似た萩焼《はぎやき》の茶碗で、二つ揃《そろ》うとより一層春らしい。

「お二人とも、似てきはりましたなぁ」

感慨深げに言い、宗旦狐は蓋つきの漆器を開けて主菓子を小皿に載せた。

晴明を見ると何か異議を述べたそうな顔であったが、茶菓のもてなしを邪魔したくないのか、黙っている。

「さ、主菓子を。銘は『花見の記憶』どす」

白い小皿で供されたのは桜の花びらをかたどった外郎《ういろう》で、中には白餡《しろあん》が、中心には甘く炊いた大納言小豆が入っていた。

――可愛い。おいしい。はんなりしてて中身が豪華。

心の中にビバルディ『四季』の『春』が流れたが、表面上おしとやかに食べた。

――銘は『花見の記憶』。わたしにあるのは、どんな花見の記憶？

抽象的な銘から、思い出が広がる。家族でのピクニック、花見弁当。

「おいしいですね」

桃花の言葉を、宗旦狐は好々爺《こうこうや》めいた笑顔で受ける。

続きがありますのやな、と察してくれた気がして、さらに感想を続ける。

「桜の花びらが散るのは儚《はかな》いってみんな言うけれど、花見の思い出には楽しさや喜びがいっぱい詰まってるって、思いました」

晴明がこちらを見ている。

頬に視線を感じるのだ。

「桃花はんは、桜の花にええ思い出がようさんありますのやな」

宗旦狐は桃花の呼び名を「桃花はん」と決めたようだ。

「花は、そうあるべきどすなぁ」

宗旦狐が点《た》ててくれた抹茶は、ほのかに甘い香りがした。

唇に触れる清水焼の茶碗のふちは、薄くなめらかだ。

──晴明さんの茶碗は厚くてぽってりしてるから、飲む時の感触も違うのかな。我知らず、晴明の感覚を想像している。

宗旦狐が「似てきはりましたなぁ」と言ったのは、桃花が晴明に向ける関心を何となく感じ取ったのかもしれない。

「そや、晴明公」

思いついた、という風情で宗旦狐が晴明を見る。

「藤尾狐が生まれ変わってからの名前どすけど」

「ああ」

「みどもが名付け親になって、よろしおすか？」

宗旦狐の積極性に、桃花は（どうしたのかな）と思う。

藤尾狐が平安の頃に人々から財を巻き上げ、現代では狐の花嫁行列を妨害したのを宗旦狐も知っている。

──なのに、とても関わりたそう。なぜなのか、知りたい。

この「知りたい」という気持ちはどこから出てくるのだろう、と桃花は考える。

自分は確かに、幸せになった藤尾狐の姿を見たいと思う。しかし、どうすれば罪を重ねた存在が幸せになれるのか、ほとんど方策が浮かばない。いい親の元に生まれますように、と思うだけだ。

──そうだ。わたしは、罪を重ねた存在との関わり方を知りたい。

「なぜ、そう望むのかを聞きたい」

桃花の疑問を、晴明が口にしてくれた。

「子どもは、大人の一人や二人では育てられまへん」

多くの子どもを見てきたかのように、宗旦狐は断言する。

「距離感とも、関わり方とも言えましょう──色々な大人が、それぞれの距離感や関わり方で子どもと関わるからこそ、子どもが健やかに育つように思いますのや。いつの時代であっても、変わらへんと思います」

「習い事の師匠や兄弟子、姉弟子は、親とは違う関わり方ができるな」

「そうどすな。乳母なども……現代なら塾や学校の教師、町内会の大人も」

宗旦狐の考えを聞きながら、桃花は自分の身に引きつけて考えていた。

桃花の家は、東京方面に住む父方の実家とは疎遠だ。

母方の実家は大阪《おおさか》で仲は良いが、盛んに行き来しているわけではない。

もし晴明や、晴明の部下たちと関わることがなければ、自分はもっと子どもっぽいままだったのでは、と桃花は思う。

「なるほどな。名付け親になるのは、関わり方の一つか」

素朴に感心する風情で、晴明は言った。

「良い考えだ。新たな親になる二人にも、了解を取るといい」

「おおきに、ありがとう存じます」

――子どもに、うまく育ってほしいんだ。宗旦狐さんも、晴明さんも。

たとえ罪を犯し、人を憎んだ妖狐だとしても、生まれ変わったならば愛され大切に育まれるべきだ、という考えを桃花は読み取った。

諸手を挙げて賛成したい考えである。

――わたしだって生まれ変わる前、さらにその前、と遡ったら大悪人かも？

生まれ変われば、過去の罪は関係ない。

新しい親と名前を得た藤尾狐が幸せになるのは良いことだ、とあらためて思う。

「それで、どういう名を？」

直截《ちょくせつ》に晴明が聞いた。

「富士山《ふじさん》の富士と書いて、お富士《ふじ》。どないです？」

「霊峰の名だ。強そうだな」

「晴明さん。強そうだし、きれいな名前ですよ。雪をかぶった富士山、新幹線から見ると感激します」

「見てみたいものだ。新幹線を連想させる名前とは、なかなか乙だ」

分かりにくいが、晴明は面白がっている風だ。

「妖狐・藤尾狐の『ふじ』を、花の名から霊峰の名へ書き換える。宗旦狐も陰陽術の勘所をつかんできたか？」

「いや、ほっほ、ご冗談をおっしゃいます」

否定しつつも宗旦狐は嬉しそうである。

「わたしも、いいと思います。雄大で清らかで、悪い物なんか寄せ付けない名前」

「おお、これは嬉しい。晴明公、みどもも弟子にしていただけますかな？」

人の悪そうな笑みを宗旦狐が浮かべたので、桃花は焦った。

「ま、待ってください。晴明さんがオッケーするなら仕方ないけど、わたし、たくさん晴明さんに教わりたいです、陰陽術」

おしとやかさはどこへやら、狼狽《ろうばい》気味に自己主張する。

「宗旦狐。子どもをからかうな」

低い声で晴明が言い、宗旦狐が「これはしたり」と頭を下げた。

冗談と分かって、桃花はほっと胸をなでおろす。

——ほんとに、いい名前。優しい親御さんにも恵まれますように……。

こういう時は誰に祈ればいいのだろう。縁結びの神だろうか。

「あのう、ごめんください。末政《すえまさ》家の喜知次《きちじ》と申しまする」

男性の声が庭から聞こえた。

——来たっ？ 思ってたより声が若い。

桃花は庭に向かって身を乗りだした。

「妻の七福《ななふく》でございます。晴明様の式神どのからご連絡いただきました」

次いで、女性の声がする。桃花の座っている位置からは見えないが、庭に来客がいるようだ。

縁側に現れたのは、休日に京都御苑あたりを散歩していそうな、ごく平凡なカップルだった。

三十歳くらいの目の細い男性が、夫の喜知次だろう。青いボタンダウンシャツに黒いスラックスを合わせている。古風な名前の割に若々しい格好だ。

妻の七福と名乗った同じ年頃の女性は、グレーのスカートと白いニットアンサンブルがよく似合っていて、桃花の目には「お母さん」というより「おねえさん」に見える。黒い瞳がくりくりとして、狐というより柴犬《しばけん》を思わせた。

「さ、早うお入り」

「お邪魔いたします。七福、足元気を付けて」

「大丈夫。お邪魔いたします」

沓脱石《くつぬぎいし》で革靴とパンプスを脱ごうとする二人の後ろには、スニーカーを履いていかにも現代の小学生然とした双葉がいる。末政夫妻は、双葉に庭を案内されてこの母屋に来たようだ。

晴明と桃花にひとまず挨拶をした末政夫妻は、以心伝心、といった風情で顔を見合わせた。

「七福。名前……」

夫の発した短い言葉に、七福は小さくうなずく。コーラルピンクのリップが似合っていて、桃花は（わたしもつけてみたい）とこの場に関係のないことを考えた。

「喜知次、あなたから」

妻に「おう」と返事をした喜知次は、姿勢を正して宗旦狐に向き直る。

「実は今しがた、名付け親の件をたまたま聞いてしまいまして」

「おや、それはそれは。年をとると声が大きくなってもうて」

懐の広さを体現するような、柔らかな笑みを宗旦狐は浮かべた。

「お願いいたします。子どもに付けるお富士という名前、ぜひとも」

喜知次が頭を下げる。

しかし緊張したのか、言葉がそこで途切れてしまう。

「ぜひともそのお名前、いただきとうございます」

妻の七福が張り切った顔で後を引き取った。息の合った夫婦である。

「おお、喜んで。良かった、良かった。まずはお茶を飲みよし。喫茶去《きっさこ》や」

喫茶去とは禅の用語で、まずはお茶を飲みましょう、という意味なのだ……と解説しながら、宗旦狐は末政夫妻と双葉に茶碗を選ばせた。

茶菓のもてなしと解説が自然に溶けあう立ち居振る舞いを見て、桃花は宗旦狐が尊敬を集める理由が分かった気がした。

宗旦狐は、末政夫妻と双葉に新しい主菓子を出した。

二つ折りになった桜色のこなし生地に、こしあんの玉が包まれている。桜の花びらをかたどった外郎がちょこんと載っている優美な菓子だ。

「このお菓子の銘は、お菓子屋はんと相談して『花筏《はないかだ》』としました」

花筏は散った桜の花びらが川面《かわも》に広がる様子を表した言葉で、哲学の道沿いでも見られる。

「『花筏』。桜の季節が楽しみになるお菓子ですね」

菓子の載った小皿を手にして、七福は華やいだ声で言った。

「子どもと、見られたらいいな」

喜知次がぽつりと言い、七福は愛おしげな視線を返す。そして、

「ああ、花筏と言えば」

と、双葉に目を向ける。

「さっきこちらの式神さんが、案内の途中で花筏の名所を教えてくださったんですよ。ね、喜知次」

「おお、そうだった。哲学の道の、疏水が少し深くなったところ。嬉しいね」

末政夫妻に褒められて、双葉は面映ゆそうに「ほんのついでで、ございますから」と答えた。

睦《むつ》まじそうな二人の様子に、桃花はいくらか安心していた。新しい生を授かるからには、愛情に満ちた家族のもとで育ってほしい。

桃花は、生まれて間もない三毛猫のミオが家族の一員になった頃の感情を思い出していた。自分よりもずっと小さく弱い存在に対する「安心できる温かい場所を与えてあげたい」という気持ちだ。

——でもこのご夫婦は、藤尾狐のことどう思ってるんだろう？　石清水八幡宮の信者を騙《だま》したり、狐の花嫁さんたちに『出ていけ』って憎しみの言葉を向けたことで耳鳴りを起こさせたり、そういう行為をした狐だって、納得してるのかな。

特に気がかりなのは、藤尾狐の魂を身ごもることになる七福だ。

自分の体に、過去に罪を重ねた魂が宿るのは構わないのだろうか。

——わたしの性別が女だから、余計に気になるのかもしれないけど。

「古老の昔語りに、藤尾狐の話は聞いております」

喜知次が、抹茶を喫し終えてぽつりと語りだした。

「仲間を失った野狐が妖狐となり尼に化け、人々を騙した。石清水八幡宮の『新宮』を名乗り、天女の幻を見せて『藤尾寺の八幡菩薩こそが崇《あが》めるに値する』と喧伝《けんでん》し、ついには放生会の日取りで石清水八幡宮と対立し、晴明公とその師・賀茂保憲公に封じられた、と」

——『扶桑略記』よりも、野狐たちの伝承の方が詳しいんだ。それにしても、かなりマイナスイメージを持たれてない？

桃花は喜知次の話を聞きながらも、夫婦の表情にも注意を払った。罪を重ねた存在とどう関わるつもりでいるのか、知りたいからだ。

「しかしそれらの行いも、孤独からだと思うのです。このたび狐の花嫁たちにかけた憎しみの言葉も『出ていけ』『この地の人間はわれの弄びもの』と……」

――うん、そう。人間をおもちゃにするのかって、わたしはびっくりしたんです。

桃花にしてみれば、恐ろしい物言いである。

「募った孤独や寂しさは、やがて他者への酷薄さになる。きっと藤尾狐も同じだったのではないか。私たちは、そのように話し合ったのです」

喜知次と七福の視線が一瞬交錯し、二人はうなずき合った。

「『藤尾狐も同じ』とは。もう少し詳しゅう教えてもらえますやろか?」

もてなす時と変わらない好々爺めいた表情で、宗旦狐が夫婦に聞いた。

「私からお話しいたします」

七福が、正座した膝の上に両手を揃《そろ》えて言う。

「私も夫も、少年少女の頃はたびたび孤独を味わいました。それは単に、人に化けた互いの親が生業で忙しく、私たちも人間の社会に馴染《なじ》むのに難渋していたからですが……どことなく冷たい、他者の苦労を耳にしても心が動かない、そんな心根になった時期がございます」

「出会ったのはその頃です」

やや顔を赤くしながら、喜知次が言い添えた。

「ほう、出会ってからは？」

にやりとして宗旦狐が聞く。夫と同じく赤くなった七福が口を開く。

「……他者の苦しみを助けるまでは行かずとも、想像できるようにはなっておこう、という話を。そして、子ができたら、どんな子でも大切にしよう、と」

「出会ったことで互いの心根が変わる。縁とは良きものやな」

穏やかに宗旦狐が言い、桃花は無言で大きくうなずいた。

「でも」

と七福は言い、隣にいる喜知次を見た。その視線に「俺が言う」と喜知次は答えた。

「しかし私どもの間には、なかなか子が生まれないのです。生来の体質と言うべきか、巡り合わせと言うべきか」

「ええ。かと言って、他の狐と夫婦となる気はお互いに毛頭ございません」

七福が言葉を添えた。

悩む日々を乗り越えてきた言葉だと、桃花には思われた。

「妖狐であった強き魂ならば、妻のお腹《なか》に宿れる、とのお話で、嬉《うれ》しい知らせと思ったのですが……晴明公」

言葉を区切り、喜知次が強い視線を晴明に向けた。目の輪郭が角ばって、「目を三角にする」という慣用句そのままだ。

――突然どうしたの？

もしや晴明に飛びかかるのかと思い、桃花は腰を浮かせた。

「聞いておきたい。この生まれ変わり、妻や赤ん坊の身に危険はないのかと」

切羽詰まった口調の喜知次に、晴明は動じない。

「たとえ音に聞こえた晴明公と言えども、わが妻を傷つけるなら容赦せぬ」

喜知次の目が、人間らしさを逸脱するほどに吊り上がる。野狐の顔だ。

――こ、怖い。そんなことしませんよね、晴明さん？

中腰になったまま、桃花は晴明を見た。

「重要な問いだ、喜知次」

晴明は顔色一つ変えていない。喜知次を見据えて、諭すような口調で言う。

「安静にしていればさほど危険はない。普通の野狐の出産と同じだ」

「本当に、ですか。騙《かた》りではないと言いきれますか」

「おのれの術のために故意に野狐を傷つければ、閻魔庁における私の評価は地に落ちる。死者を裁く冥官としての地位も危うい。そんな真似《まね》をしても私は得をしない」

前のめりだった喜知次の体が、ふっと弛緩《しかん》した。

「ならば、良いのです……」

畳に両手をついて、喜知次はぐったりしている。顔つきは元通りだ。晴明への問いかけに気力を半ば使い果たしたようであった。

「ちょっと、突然くにゃくにゃしちゃって。すみません、うちの人が」

謝る七福に、宗旦狐が「いやいや、気になるのは当然や」と苦笑いする。

——晴明さん、このご夫婦で決定ですよね！

桃花は（決定、決定）と心の中で囃《はや》し立《た》てる。愛する妻だけでなく赤ん坊の身も案じ、晴明との対決も辞さない夫。案内役の双葉に優しい言葉をかけてくれる妻。

必ずや、良い親になってくれるに違いない。

——もっとこの二人の人柄に触れてみたい。でも。

「晴明さん。もっとお話を聞きたいけど、ちょっと家の用事が……」

「そうか。ご両親によろしく」

「はい。お先に失礼いたします」

部屋にいる一堂に会釈すると、末政夫妻が会釈を返し、宗旦狐が「また」と会釈し、双葉は「ももかどの、出口まで送りましょう」と言ってくれた。

「ありがとう、双葉君」

二人で母屋を出て、椿の咲く庭を歩く。洋装の双葉と一緒にいると、弟を連れて散歩しているようだ。

「ももかどの、家の御用はいそがしいのですか？」

「ううん。全然大変なことじゃないんだ」

詳細を話さなかったのは、自分たちの子をなかなか授かれないと話した末政夫妻に遠慮したからだ。

「忙しくしてるのは、うちのお母さん。キッチンのお仕事で」

昼ご飯は旬の桜鯛《さくらだい》で炊き込みご飯を作るので、必ず家に帰ってくるように――と、母親の葉子から厳命されているのだ。

なお、父親の良介は会社に行っているが、夕食時に一人用土鍋で同じものを作ってもらえるらしい。葉子いわく「できたて、おいしいやろ」とのことである。

＊

桜鯛の炊き込みご飯は、香ばしさと滋味で胸がいっぱいになる味だった。

添えられたのは三つ葉の吸い物と九条ネギ入りの卵焼きで、肉類はあえて使っていない。桜鯛の香りを邪魔しないように、という葉子の工夫であった。

「桃花。晴明さんは、桜鯛の切り身食べはるやろか？」

食器を洗っている桃花に、葉子が尋ねた。

「四切れ入りのパック買うたから、一切れ余るねん」

「んー、たぶんあんまり料理しないと思う。相変わらず、きれいな女の人が時々来て作ってくれてるけど」

これは部下の茜のことである。

「ちゃうちゃう、生で一切れあげたら何や『今すぐ料理せえ』言うみたいで失敬やろ。塩振って焼いて、レンチンした銀杏《ぎんなん》添えて持ってってあげたら、と思うて」

「ああ、あの封筒を使った」

銀杏《ぎんなん》はレンジ調理で簡単に食べられる。封筒に入れ、焦げない程度に加熱するのだ。そんな調理法があるとは、きっと晴明は知らないだろう。

「晴明さん、喜ぶと思う」

「へえ。晴明さん、銀杏好きなん？」

桃花の洗った食器を布巾で拭きながら、葉子は首をかしげた。

「好きかどうかは知らないけど、レンチン銀杏は珍しがるよ、きっと」

「ふうん。ほな、まず桜鯛をグリルで焼こ。桃花、後で持って行ってくれへん？」

「はーい」

食器をすべて洗い終えて拭きの工程に入った桃花を、葉子がくるりと振り返る。

「お手伝い、おおきにな。いつも」

「ん？　うん」

糸野家では、調理は葉子が担当、準備と後片付けは良介と桃花が担当、と分担が決まっている。あらたまってどうしたのだろう、と疑問に思う。

「お手伝いが受験勉強に響いたらあかん。もう、明日からはええよ」

「え、え、助かるけど、いいの？　お母さんの負担が増えない？」

「良介さんと話し合って、食洗機買うことにしたんや。大津に住んでた時よりキッチンが広うなったし、うちもこのキッチンに慣れてきたしな」

ここらへんに設置すんねん、と葉子はシンクの傍らに指で長方形を描いた。

「京芸、受けるかもしれへんのやろ？」

「うん。人物画が苦手だからって、芸術系大学を選択肢から除外してたけど、挑戦してみたい。そして、芸術系に行くなら京芸」

「おおきになぁ、市立で学費安めのとこ選んでくれて」

「それもあるけど、卒業生がすごいなって思ったから。美人画の上村松園さんとか」

昨日の夕方、桃花はさっそく両親に京都市立芸大を受けてみたいと話した。

両親とも賛成してくれたが、家事の割り当てについては後で話し合っていたらしい。

その結果の食洗機導入なのだろう。

「悔いのないように。精一杯やってや」

「うん。がんばる」

拭いている食器の感触を、名残惜しく感じた。手伝いが減るのは嬉しいのだが、受験に向かう心細さがそう思わせるのだろうか。

「桃花が受験に没頭できるようにサポートする」

「ありがとう」

——ごめんなさい。お母さん。お父さん。陰陽術もあるけど、受験もちゃんとする。

口には出せない謝罪と決意だ。

グリルから、香ばしい桜鯛の匂いが漂ってきた。

角皿に載せられた桜鯛の塩焼きを見て、晴明は「素晴らしい」と言った。

「ご苦労だった。お母上にもよろしく伝えておいてくれ」

出前よろしく盆を運んできた桃花は労《ねぎら》われて嬉しかったが、晴明がさっそく角皿を和室の座卓に置くのを見て、ある予感がした。

「晴明さん、まさか昼過ぎからお酒を飲むんですか」

「私を何だと思っているんだ」

早くもラップフィルムに指をかけながら、晴明が不満げに言う。

「お酒好きの冥官で、陰陽師で、私の先生です」

「否定はしないが、今から飲むのは普通のほうじ茶だ。要るか？」

「要ります。いただきます」

＊

晴明の後を追って台所に入ると、白猫の瑠璃が椅子の座面で丸まっていた。

「瑠璃ちゃーん。今日も可愛いね。きらきらブルーアイズ」

しゃがんで目線を合わせる。瑠璃は鳴かなかったが、まばたきで返事をした。

「瑠璃ちゃんは、塩気を抜けば焼き魚を食べられますか？」

と聞いたのは、瑠璃がある種のあやかしだからだ。もともとは生後間もない子猫の魂だが、猫絵という鼠よけのまじない絵に封じられることで命を長らえている。

晴明は答える代わりに、黙って首を左右に振った。できることなら食べさせてやりたいのか、身をかがめて瑠璃の頭をひとなでした。

電気ポットの湯が再沸騰した直後、和室の固定電話が鳴った。

「わたしがお茶淹《い》れますよ、晴明さん」

「頼む」

桃花が茶筒の蓋を開けると、瑠璃が首をもたげて、ふんふん、と匂いを嗅ぐ様子を見せた。どうやら、茶葉の香りが分かっている。

――瑠璃ちゃん、どんどん可愛く猫らしくなっていく。

自分に見えないところで晴明が愛情をたっぷり注いでいるのだろう、と想像すると可《お》笑《か》しい。

「分かった。連絡感謝する」

和室から晴明の声が聞こえてきた。何か新しいお仕事が発生したみたい、と桃花は推測する。

「桃花。新たな親候補が来るぞ」

「えっ？　親って？」

「藤尾狐の親だ」

「今日会ったご夫婦で、決まりじゃなかったんですか？」

驚いたが、ひとまずは茶器に注ぎ終えた茶を盆に載せ、和室の座卓に運ぶ。晴明が桜鯛の塩焼きを食べるための箸も持ってきた。

宗旦狐が言っていた「喫茶去」の心である。

「ありがとう」

至極落ち着いた様子で、晴明は茶を口にした。

「吉報庵に若い女が来て『自分は一人さまよっている野狐だ、話をこっそり聞かせてもらった、藤尾狐の親になりたい』と」

「怪しすぎませんか」

そもそも、吉報庵への不法侵入である。

「怪しい。宗旦狐は女をその場に待たせて、私に電話をして判断を仰いだわけだ」

「で、その女の人がここへ来ることになったわけですね……。野狐に『女の人』っていうのも変かもしれないけど」

晴明はきれいな箸使いで桜鯛の塩焼きを口に運んでいる。

一口分の適切な量を切り分けるのが上手なのだ、と桃花は分析した。

「わたしは、あの喜知次さんと七福さんが良い親になってくれると思います」

晴明は反応せずに聞いている。やはり箸使いが巧みだ。

「どう思います？　晴明さん」

「会ってみなくては分からんな。うむ、相変わらず桃花の母上は料理がうまい」

「伝えておきます」

当事者である晴明がこの調子なので、桃花も（喫茶去、喫茶去）と心の中で唱えながら茶を飲んだ。晴明は薄緑の銀杏を箸休めに、桜鯛の塩焼きを食べ進めていく。

「桃花、受験対策は」

「公式サイトで、オープンキャンパスの日程を見たり、試験情報もろもろをチェックしてます。実技試験のための画塾も探してますよ」

スマートフォンを出して、公式サイトを開いてみせる。食べ終えた晴明が手を伸ばしてきたので、思わず手を引っ込めた。

――画像フォルダに「花房雪」ってあるの、忘れてた。

花房雪を背景にした晴明の画像自体は、本人もその存在を知っている。だが、その画像だけを「花房雪」というフォルダ名で保存していると知られるのは、嫌だ。

「分かった。桃花」

何を分かったのか、自信ありげに晴明は言った。

「この手の端末は個人情報のかたまりだから、迂闊《うかつ》に触ってはいけないのだな」

「リテラシーとしては正しいです、晴明さん」

桃花は何とも言えない気持ちで、こく、こく、とうなずいた。

「晴明様、晴明様」

外から男性の声が響いた。

庭石となってこの敷地《しきち》を守る式神夫婦の片割れ、縦石《たていし》である。

「客だな」

気配をすでに察しているのか、晴明は淡々と答えた。

「いかがいたしましょう？　正体の分からぬ若き女人が、門前に立っておりまする」

女性の声が尋ねる。縦石の妻、横石《よこいし》だ。

「すぐに行く」

自分の使った角皿と箸を台所に戻してから、晴明は玄関へ歩いていく。

——わたしもいていいんだよね？

新たに茶を淹れて待っていると、晴明に連れられて、着物姿の小柄な女性が上がってきた。丸顔のせいか、まだ二十歳過ぎと思われた。

「お邪魔いたします。野狐の松庭《まつにわ》と申します」

挨拶する声が優しくて、桃花は（そんなに悪い人じゃないのかな）と思う。

少なくとも、晴明が追い返さず家へ迎え入れたのだから、敵意を持つ理由はない。

松庭は桃花の淹れた茶を「ほっとします」と言いながら飲んだ。

晴明は干菓子を出そうとしたが、松庭は「いえ、いえ、結構でございます」と遠慮した。突然やってきたので恐縮しているのだろうか。

――でも、吉報庵に忍びこんでたのはなぜ？

敵意は持たないと決めたものの、桃花の胸には警戒のランプが灯《とも》っている。

「なぜ吉報庵にいた？」

単刀直入に晴明が聞き、松庭は動じず「実は」と話しはじめる。

「あちらの庭園が、かつての住まいによく似ておりまして。望郷の思いに駆られ、庭の隅に佇《たたず》んでいたのでございます。庭の主に見つからぬよう、そして庭の全体が見えるよう、端の方に」

「ほう。気配を消すのが巧《うま》いようだ」

晴明の考えは桃花には読めなかったが、対話する姿勢を保っているのは分かる。

「盗み聞きした上、図々《ずうずう》しく親になりたいと押しかけてくるような野狐を、身勝手とお思いでしょう」

聞きづらいであろうことを、松庭は聞いた。

晴明は無言だ。

肯定と解釈したのか、松庭は「身勝手は承知しております」と言った。

「けれど、どうしても、一人さまようこの身の寂しさに耐えきれず……」

──何か、思ってたような怪しい野狐とは違うみたい？

胸の中の警戒ランプが消えて「保留」の文字が灯る。先ほども、かつての住処《すみか》に似ていた吉報庵に佇んでいたと話していた。よほどの事情があるのだろうか。

「どうかどうか、新しく生まれる子の母になりたいと思うのです」

──寂しさと、子どもが欲しい気持ち。境遇は喜知次さんたちに似てる？

桃花は、松庭に同情しかけていた。

吉報庵で聞いた話では、喜知次と七福は少年少女の時代に孤独だったらしい。松庭は、今も一人でさまよっているという。

——寂しさで言えば松庭さんの方が上？

馬鹿な、と自分の考えを否定する。

寂しさを比べて上だ、下だ、などと言えるものではないだろう。ましてや桃花は第三者だ。

晴明は、眉一つ動かさずに松庭の丸い顔を見守っている。

「あの末政というご夫婦に比べて、頼りないと思われますでしょう？」

自嘲を匂わせる言葉に、桃花は何か言葉をかけたくなった。

——孤独な境遇なのは、あなたのせいじゃないはず。そんな風に言わなくても。

説教じみてはいないか、差し出がましくはないか。気になって結局口をつぐむ。

松庭はつらそうに視線を落とし、着物の膝に置いた両手をきゅっと組み合わせた。

だが、晴明はそのまま無反応で通した。

「でも、私にしか、してやれぬこともございます」

「それは何だ」

促されて勢いづいたか、松庭は顔を上げた。今までよりも瞳が明るい。

「子守唄でございますよ」

上体を前に傾ける、まるで背に子どもを負っているような独特の姿勢で、松庭は歌い出した。

ねんねおしやす　ねんねおしやす　明日は赤いべべ着せて
連れて参ろよ　のの様へ　一生この子がまめなよに……
子どもを眠らせながら、元気でいられるようにお参りに行こう、と歌う唄だ。
のの様とは神社や寺などを表す言葉で、桃花は母方の祖母から聞いた覚えがある。

ののへ行ったら　何て言うて拝む
親の言うたように　言うて拝む　言うて拝む

子守唄を聞いているうちに、桃花は眠気を覚えた。
青々とした松の樹や敷き詰められた石、手水鉢《ちょうず》まで見えてきて思わず目をこする。
手水鉢のそばには着物姿の美しい女性が赤子を抱いて立っている。
台形の庭石に載っているのは、皿に盛られた茶色っぽい餅だ。
——供え物かな？

と思ったが、その庭石の向こうは暗い影が落ちたようにぼんやりしている。

「趣深い庭だな」

晴明がつぶやいたので、幻が見えているのは自分だけではない、と安心する。これは野狐の術だろうか。

――こんな強い力を持っているなら、松庭さんでも安心かも？　でも。

あの喜知次と七福の抱く事情も切実だろう。

新たに生まれ変わってくる藤尾狐――お富士にとって、仲睦まじい末政夫妻と強い力を持つ松庭、どちらの親が良いのかも難しい問題ではないか。

――おまけにこの力、話に聞いてた藤尾狐に似てるような？　天女と庭ではだいぶ違うけれど、きれいな幻を見せるという意味で。

「予祝の歌だ。子が一生元気であるように、予《あらかじ》め祝福する」

晴明が言うと、松庭は泣き笑いの表情になった。

「ええ、そうですとも」

松庭は感激しているようだ。子守唄の意味を、晴明が汲《く》み取《と》ったからだろう。

「だが、あなたには藤尾狐は任せられない」

「何を。何をおっしゃいますか、突然……」

松庭の声がわななく。桃花は、驚かない自分に驚いた。

いきなり拒絶を言い渡した晴明に対して、なぜか（やっぱり）と思うのだ。

――晴明さんが、喜知次さんと七福さんの話をしなかったからだ。

もし晴明が松庭を親候補として認めていたならば、喜知次と七福の気持ちや立場はどうなるのか言及していたに違いない。桃花はそう思うのだ。

松庭は茫然と晴明を見つめている。

和室に現れた庭園の幻が、嘘《うそ》のように消えていく。

「本心を、隠しておられましたね」

喉の渇きに耐えかねたような声が、松庭の口からこぼれた。

「やはり信用してはいただけませぬか」

松庭の頰から、哺乳動物めいたひげが飛び出る。

激しい動揺のため、人に化けた術が解けかかってしまったようだ。

「感心しない」

陰鬱な声で晴明が言ったので、桃花ははらはらする。

「寂しい、子どもが欲しい、という気持ちは嘘ではないだろうが、あなたは重大な嘘をついている。早くその縁もゆかりもないひげを引っ込めろ」

怒るのも馬鹿馬鹿しい、という調子であった。

松庭のひげがしなびて消える。着物の胸元をぴしりと張って、晴明と向き合う。

「わたくしでは、いけないとおっしゃいますか」

「いかんな。そもそも、身に藤尾狐の魂を宿せない」

「晴明さん、どうしてですか？　七福さんの時は大丈夫って……」

「桃花。この人は、野狐でも妖狐でもない」

——じゃあ、誰だって言うんですか？

「松庭。あなたが今見せた幻に、一部分だけ不鮮明な所があった」

思わず「あ、もしかして」と言った桃花を、晴明がちらりと見る。

「茶色いお餅が庭石に置いてあって、供え物かと思ったけど、何に供えられているか分からなかったんです。暗がりみたいにぼんやりして」

「だそうだ。完璧な幻を紡ぐには、まだまだ精進が必要だな」

「な、何を……」

言葉を濁す松庭に、晴明は平坦《へいたん》な声で話し続ける。

「飛び石の行き着く先、小さな屋敷神《やしきがみ》の祠《ほこら》。栃餅《とちもち》が供えられていたな」

——栃餅は聞いたことがある。栃の実の入ったお餅。でも屋敷神って何？

「あの、すみません晴明さん。屋敷神って」

「文字通り、屋敷の神だ。屋敷や庭の一隅に祠《ほこら》を置いて神を祀る」

松庭が、ほんのつかの間目を閉じる。何かを諦めたかのように。

「屋敷神の祠には稲荷神を祀る場合もあれば、先祖の霊を神として祀る場合もある」

「色々なんですね。あの……」

黙っている松庭を気にしつつ、桃花は晴明に問いかける。

「わたしに屋敷神の祠が見えなかったのは、なぜなんですか？」

「幻を作った側の問題だな。自分の姿はよく見えず、うまく描けないものだ」

松庭の肩が揺らぐ。袖で口元を隠した。

「私は祠を見たと言うより、陰陽術で見通したのだ」

見ることができたのは陰陽師ならでは、ということか。

「幻を作る時に、自分の姿をうまく描けなかった……ということは、松庭さんはさっきの庭に祀られていた屋敷神なんですか？」

桃花は晴明と松庭を見比べながら問いかけた。松庭は答えず、晴明が話を続ける。

「祠の木目を見たが、あれは洛北《らくほく》の北山杉《きたやますぎ》だな」

まるで体の線を凝視されたかのように、松庭が顔をそらす。

「そしてあの子守歌は、洛北の雲ケ畑《くもがはた》や賀茂《かも》に伝わる歌。あなたは、北山杉や栃の実が採れるような洛北の山奥の屋敷神だった。違うか？」

袖で顔を隠すようにして、松庭はうなずいた。

「申し訳ございません。野狐と称したのは嘘、頬から狐のひげを出したのも幻だったのです」

「やはりな」

「無礼をいたしました。それにしても晴明様も、元から野狐ではないと分かっておられたでしょうに、いけずな」

謝りながらも、松庭は恨み言を言う。

「いけずと言うなら、宗旦狐もあなたが野狐ではないと気づいていただろうな」

仲立ちとなった野狐の名が出てきて、松庭は怪訝な顔をする。

「野狐から何か要求されたならば、あの男は自力で解決する。私に連絡してきたということは、正体は分からぬまでも野狐ではない、くらいは分かっていたはずだ」

黙りこくった松庭に、晴明は語りかける。

「なぜ、屋敷神が狐の母になろうとする」

松庭は姿勢を正した。すべてを打ち明ける覚悟を決めたかのように。

「一人さまよう寂しさに耐えかねました。宗旦狐どのの庭にとどまるほど、かつての屋敷が懐かしゅうございました。ここばかりは、お話しした通りでございます」

見た目は娘らしい松庭の声が、深遠な響きを帯びる。

「私は、洛北は雲ケ畑のとある屋敷に祀られていた屋敷神。山深い洛北の地に生きた祖先の霊を祀る社でした」

「屋敷はどうなった」

「もうありません。林業が盛んになって土地を売ることになり、私の居た屋敷は植林地となりました。百年近くも前に」

松庭のさまよった時間を思い、桃花は気が遠くなりかける。

「人間たちは、神上げ式を行わなかったのか。祠に降ろした屋敷神を開放する儀式を」

「その暇もなく、屋敷ごと祠は壊されました。人間たちにも事情はあったのでしょう」

松庭の気持ちを思うと、桃花の胸は痛んだ。

放浪を強いられても、人間たちの事情を慮《おもんぱか》っている。

「今しがた唄ったのは、松庭家の奥様が小さな赤ん坊に唄った歌。おっしゃる通り、洛北に伝わる子守唄。よくぞこのような、古い歌を御存じで……」

「これでも表向きは『日本の信仰に詳しい堀川先生』でな」

真面目くさった口調で晴明が言い、松庭は表情をゆるめる。

「奥様が赤ん坊を連れて庭にお出になって、祠のそばで歌っておられたのです。奥様は子守唄を歌い終えると、こうおっしゃいました。『ほら、我が家に住んでるののの様ですよ。のの様にお参りする時は手を合わせて、のんのん、と言うのですよ』と」

桃花は先ほど聞いた子守唄を思い出した。

ののへ行ったら　何て言うて拝む
親の言うたように　言うて拝む　言うて拝む

子の一生の健康を願う予祝であると同時に、信仰と継承の歌だ。

神仏や祖先、自分たちを守ってくれる存在全般――のの様への敬意を教える子守唄。

晴明が立ち上がり、両手を松庭のこめかみに添えた。

頭突きでもするのかと思うほど顔を近づけて「眠れ」と命じる。

「……眠ったら、私を罰しますか」

問いかけは静かで、安らかだった。罰を受けても構わない、とでも言うように。

「皆様に偽りを述べた罪と、狐の子を連れていこうとした罪で」

「私はあなたを罰しない。雲ケ畑の水源を守る女神、天津岩門別稚姫《あまついわとわけわかひめ》の名にかけて」

桃花の知らぬ女神の名を晴明が告げると、松庭の姿はたちまち霧散した。

「つかれた」

ぼんやりした声で晴明が言い、桃花は腰を浮かせた。

憑《つ》かれた、と聞こえてしまったためだ。

「晴明さん」

膝立ちでおろおろする桃花を、晴明は手のひらで制する。

「違う、憑依《ひょうい》ではない。疲労した」

——通じてた。

これが「阿吽《あうん》の呼吸」とか「ツーカー」とか言われる状態だろうか。

晴明は、左手を大きく開いてみせた。四角い呪符に「封」とある。

「忍ばせておいた呪符に屋敷神を封じた」

「突然で大変でしたよね」

「いや。突然の事態が来るたびに疲弊していては話にならない」

「そうでした」

松庭を封じた呪符を箱に納め、晴明はため息をつく。

「家族のように扱われていた屋敷神が儀式もなく祠を壊され、見え透いた嘘をついてまで道連れを求めたというのが、な」

「哀《かな》しい経緯でしたよね」

「どうこう言うほどの疲れではないが」

——気疲れしちゃったんだ。珍しいかも、晴明さんのこういう反応。

何とかして元気づけたい。

しばし腕組みをして、桃花は考えた。

「そうだ、晴明さん。焔糸杉紋の呪符は、生命力を与えますよね？　山羊《やぎ》の峻岳《しゅんがく》にできたんだから、晴明さんにぺたっと貼っても元気になるんじゃないですか？」

「湿布薬みたいに言うんじゃない。だが、そうだな」

くったりと額に落ちかかっていた前髪を手で整えて、晴明は苦笑する。

「一枚だけ、焔糸杉紋の呪符を描いてくれれば助かる」

「描きますよ、何枚でも何十枚でも」

俄然《がぜん》張り切る桃花に、晴明は「待て、何十枚はまずい」と言った。

「十枚程度ならいいが、何十枚も描いたら消耗してしまう。一枚だけ頼む」

懐紙を一枚だけ手渡された。

「どこに貼ります？　肩甲骨とか背中とか」

「湿布薬ではないと言っているだろう。懐に入れる」

「はーい」

気の抜けた返事はしたものの、桃花は注意深く焔糸杉紋を描いた。晴明から授かった大切な術だ。手抜きなどできない。

「お待たせしました」

「ありがとう」

桃花の描いた呪符をたたんで懐に入れると、晴明は肩から荷を下ろしたようなため息をついた。

――休ませてあげなきゃ。今日は桜鯛を持ってきただけで、授業じゃないし。

「わたし、帰りますね。お皿とお盆、持っていきます」

「洗って帰す。ご両親によろしく」

そう答えながらも、晴明はすでに畳に寝転がっている。

「ちゃんと戸締りして、寝床で寝てくださいっ」

居眠りの体勢に入ってしまった晴明を叱る。

台所にいた瑠璃が、ひげをぴんと張り切らせて晴明の傍らに寄ってきた。

「瑠璃ちゃん、晴明さんを起こしてあげて」

しっぽを立てて瑠璃がすり寄ると、晴明は仕方なさそうに上体を起こした。

「それじゃあ、ゆっくり休んでくださいね。また明日」

晴明ではなく瑠璃が「にゃあ」と返事をする。

自分の描いた呪符が師を癒《いや》すよう、桃花は心から祈った。

＊

三日間の試験休みが明けて、三月十六日。

桃花の通う洛新高校では、年度末試験の結果が配られた。

——京芸なら、狙える、かな？

うぬぼれが混じっていないか警戒しつつ、桃花は自分の試験結果を眺めた。

まだ一年生の終わりなので油断はできないが、気負わず両親に見せられる点数ではあった。そして遅くなったが、これを機に「わたしも京芸を受ける」と園子に話そうと思う。

——いつ言おう。二人きりの時がいいな。どこかへ誘って、ついでに言うとか。

帰り支度をしながら考えていると、園子の方から声をかけてきた。

「桃花ちゃん、烏丸御池《からすまおいけ》までついてきてくれへん？」

「うん行く。何かあるの？」

「京芸出身の画家さんが、子どもの本専門の本屋さんで個展してはんねん。入場無料」

何やら情報量が多い。

「ちょっと待って。画家さんの個展って、ギャラリーでやるものじゃないの？」

「普通はそやねん。でも、カフェスペースがあってゆったりした本屋さんやから、作品を展示する余地がある」

「なるほどー。子どもの本専門の本って、絵本とか図鑑とか？」

喋《しゃべ》りながら教室を出る桃花と園子に、生徒が何人か「バイバイ」「じゃーねー」と声をかける。

挨拶を返しつつ、名残惜しさが桃花の胸をよぎった。四月にはクラス替えがある。一年五組の面々がそろうのは、あとほんの数日なのだった。

＊

烏丸《からすま》通と御池《おいけ》通の交差点から少し上がった、雑居ビルの一階にその書店はあった。

五重塔《ごじゅうのとう》のシルエットが描かれた看板が親しみやすさを醸し出している。店名は「子《こ》と古都《こと》ブックス」。三色すみれの鉢植えが愛らしい。

ドアの脇には「星見千代《ほしみちよ》　わらべ絵展　【神から子どもへ】」とポスターが貼られている。赤い洋服を着た女の子が脚を伸ばしてぺたんと座った絵は、どうやら日本画の絵の具を使っているようだ。

「日本画なんだね」

「そう。星見先生は京芸の学生やった頃から、日本の伝承を意識して作品を描いてはるらしいえ。この【神から子どもへ】っていう展覧会タイトルも、昔は乳幼児死亡率が高くて『七つまでは神のうち』って諺《ことわざ》が生きてたことから来てるんやて」

「神様かぁ……。か弱いのに」

「いつ、この世界から天へ帰って行くか分かれへん存在って意味やろね」

昨日出会った屋敷神――松庭は、屋敷の赤子をそんな風に見ていただろうか。

「や、玄関先でようけ喋ってもうた。入ろ、入ろ」

ドアを少し開けた園子が「ひゃ」と言って動きを止めた。

「どうしたの？」

「天使がおんねん」

きょとんとした口調で言う園子に続いて、桃花も店内に入った。

観葉植物が置かれた店内は木目調の暖かな雰囲気の本棚が並び、奥にはキッズスペースがあった。

絨毯《じゅうたん》に置かれた大小のぬいぐるみやクッション、遊具に混じって、三歳くらいの子どもが二人、積み木をカチカチとぶつけあって遊んでいる。

「あ、天使だね」

「そやろ。天使のカスタネット演奏やで……」

ひそひそ声で話す桃花と園子に、エプロンを着けた女性が「いらっしゃいませ」と声をかけた。

「こんにちは。星見先生の個展があるって、京芸のサイトで知りました」

余所《よそ》行《い》きの声になって、園子が言う。桃花も「お邪魔します」と言い添えた。

「あら、まあ、まあ」

と言いながら、女性はとても嬉しそうに口元をほころばせた。

「どうぞ、良かったらそちらにお荷物置いてくださいね」

「ありがとうございますー」

二人そろって、示されたソファにバッグを置く。

壁にかけられた時計は三角屋根の家の形をしている。たぶん鳩時計《はとどけい》だろう。

キッズスペースのすぐそばでは、幼児たちの母親らしき女性二人があれこれと話しながら絵本を選んでいる。

――ママ友の空間だ。

実際には父親も来るのだろうが、桃花はそんな感想を持った。滋賀県大津市に住んでいた幼い頃、葉子に連れられて公園に行ったのを思い出すからだ。

――里奈《りな》ちゃんとも一緒に遊んだよね。

桃花がしばし追憶に浸っている間に、園子は一枚のパネルの前で立ち止まっている。

振り返ったその表情が、桃花ちゃんも読んで、と言っていた。

だから桃花も、表情だけでうんと答えた。


今よりもずっと幼い子どもたちの命が儚かった頃。

日本では「七つまでは神のうち」という諺が生きていました。

画家による、個展を開くにあたっての言葉であった。

この諺は、愛《いと》しい存在を見送らねばならない大人たちにとっての薬でした。
七歳までの子どもは、魂がその身に定着していない儚い存在。
いつ、魂は天に帰ってしまうか分からない。
幼い子どもたちは天に棲む神様の仲間なのだ、と。
現代では発達した医療や公衆衛生が、子どもたちの命を支えています。
(さまざまな課題を抱えているとはいえ。)
子どもたちは「いつか大人になる存在」「人間」となりました。
でも本当は、いつの時代だって子どもは「人間」だったはず。
そのことを描きとめたくて、古今の子どもの姿を描きました。

パネルを読み終えた気配が、かすかに揺れるポニーテールのあたりから漂った。
「京芸のサイトから星見先生のサイトに飛んで、知ったんや。この文章」

ひっそりと話す声に、桃花も「うん」と小さく返した。

「うちが憧れているのは、美人画で有名な上村松園さん。そやけど、松園さんの描く美人たちも、子どもの頃があったんやなぁ……と思ったら、見に来たくなった」

この友だちが好きだ、と桃花は心の中でつぶやいた。

同じ大学に行けたらどんなにか、とも。

「園子ちゃん。さっきのポスターの絵」

「うん。やっぱ実物がええな」

額装された正方形の絵に、赤いワンピースの幼女の姿がとどめられている。

可能性の種のような愛らしい姿だと思う。

それ以上に強烈なのは、絵を通して心に焼き付く確信だ。

――この子はきっと幸せになる。

画家の力なのか、日本画に用いられる岩絵の具の力強さと美しさがそうさせるのか。

「同じ京芸に入ったら、分かるかな。この人の絵の秘密」

ぽつりと口をついて出た言葉に、園子が「んっ？」と反応する。

「桃花ちゃん、京芸、受けはるん？」

「うん。ちょっと前から考えてて、いつ園子ちゃんに言おうかと思ってた」

「へへへ。ライバルやな」

「ええーっ、そこは一緒に受かろうよ」

園子は「そやな。そやけどライバルや」と、次の絵へと歩いていく。

「ええ、嬢ちゃんや、嬢ちゃんや。結び桜の子や、聞こえるかえ」

この場にいるはずのない、男性の声が聞こえた。

呼ばれたのは桃花の二つ名だ。

――聞こえてますけど、今お話しできません。

と思いつつ、声の聞こえるあたりに目を向ける。

金色の狐が、観葉植物の陰から顔を覗かせている。

「久しぶりやな。通りすがりの、花山《かざん》稲荷のお使いやで」

――あっ、年末のおけら参りで、お酒を飲んでから来た神狐《しんこ》さん！

あの時は人間に化けていたので、分からなかった。

おどけた口調で晴明に駄洒落《だじゃれ》を言っていた神狐だ。

お久しぶり、と伝える意味で、桃花は小さくうなずいた。

「ちと晴明様にお伝え願いたい件がある。そのまま聞いてや」

花山稲荷の神狐は、ちょいちょいと前足を帳場の奥に向けた。

「ここの本屋さんな、お台所に愛宕《あたご》神社の火事除《よ》けのお札は貼ってはるけど、売り場に神様をお迎えしてはらへんねや」

言われて、店内を見回す。神棚やお札らしきものはない。

「京の結界が乱れてる時やし、この通り、か弱い子どもがようけ来はるやろ？　何らかの守護が必要とちゃいますか、と晴明様に伝えてほしいわけや」

——ああ、なるほど、そういうものかも。

桃花は、黙って大きくうなずいた。

「絵のお勉強に来たとこ、ごめんやで。晴明様によろしゅうな」

挨拶する代わりに、桃花は降ろした手を指先だけ動かした。

＊

帰宅してすぐに、桃花は晴明の家に行って事情を伝えた。

玄関から板の間に上がるのも忘れて「ＳＯＳです」と。

「それとね晴明さん。展示されてた絵がすごくて、京芸に入ったら何かすごいものがつかめそうな感じがするんです、ああもう『すごい』しか語彙がないです」

「分かった」

着物姿で腕組みをして話を聞いていた晴明は、突然両の手をパンと打ち合わせた。

和室からカランと箱の蓋が開く音がする。

和室から出てきたのは、松庭であった。

なぜ呼ばれたのか分かっていない様子で、ぼんやりした表情をしている。

「幼《おさ》な子《ご》のやってくる、守護を必要としている場所が街中にある。行ってみるか」

――ああ、屋敷の神様だから、お店でもいいんだ！

一定の敷地があり人の出入りする場所ならば、松庭の守備範囲にできるようだ。

はっと目が覚めたような顔をして、松庭が平伏する。

「参りましょう。どうぞ、よろしゅうお願い申し上げます」

――松庭さんにも、新しい居場所ができるんだ。

何よりもまずそのことに、桃花は安心した。

「すまんな、桃花。留守番をしながら、勉強していてくれるか」

そう、今日は授業のある日なのだ。

「じゃあ、年度末試験の結果が返ってきたから、間違えたところをやり直します」

晴明が笑顔を見せた。

すぐにやるべき作業を見つけて偉い、くらいの意味だろうか。

「後で話を聞こう。試験のことも、桃花の惚《ほ》れた絵についても」

再び晴明が両手を打ち、ひらりと舞った「封」の呪符が大きな手に捕らえられる。

「行ってらっしゃい」

「行ってくる」

板の間の隅で寝ていた瑠璃が短く鳴いて、主を見送った。

のちに子と古都ブックスの店長が、ＳＮＳに「最近小さなお客さんたちが、店の鳩時計に向かって手を振るんです。誰かがいるみたいに」と書きこむことになるのだが、それはまた別の話である。

第二十八話・了

第二十九話
和歌の神様と曲水の宴

真如堂《しんによ》の丘の新緑に混じって、あちらこちらに桜が咲いている。

白川通《しらかわ》にまたがる歩道橋の上から丘を眺めれば、抹茶のきんときに桃色を散らした春の上生菓子のようだ。

去年もこの光景を見たはずなのだが、桃花はあまりはっきりと覚えていない。

慌ただしさに紛れてしまったのだろう、と桃花は考えた。引っ越し早々に晴明と出会い、あやかしや冥官、神々と関わるようになったのだから。

——ちょっとぼうっとしちゃった。絵にあてられたかな？

手に提げている透明な袋に目を落とす。

中に入っている厚い本は、美術展の図録だ。

今は四月になったばかりで春休み中なので、近所の美術館で雪舟《せっしゅう》などの水墨画を見てきたのだった。

水墨画は渋く枯れたジャンルとばかり思っていたが、釣り糸を水面に垂らす丸顔の老人が可愛かったり、木々の生い茂る山に猛々《たけだけ》しい迫力があったりと、胸の躍る時間であった。十二時過ぎから二時間近くも見入ってしまったほどだ。

——新学期に提出する美術部の制作課題、ああいう感じも良さそう。

可愛いものが好きだからといって、そればかりを追求していては物足りない。

早く家に帰って画帳にいろいろと描いてみたくなる。

歩道橋から白川通に下りると、右手から着物姿の晴明が歩いてきた。

観光地でも繁華街でもないこの区域で着物を着ている男性は、やや珍しい。灰色に白の小紋と紺の角帯は普段着風で、しっくりと身に馴染んだ着こなしだ。

晴明は桃花を見て、軽く手を挙げてみせる。

「今、帰りですか？」

北の方角から来たということは、市街の中心部ではなさそうだ。

「上賀茂《かみがも》神社に行ってきた。術の仕込みがあってな」

やはり市街の北側だ。

京阪出町柳《けいはんでまちやなぎ》駅付近で、西の賀茂川《かもがわ》と東の高野川《たかのがわ》が合流し鴨川となる辺りが下鴨神社《しもがもじんじゃ》。

賀茂川を何キロか遡った地点には上賀茂神社。

昔は両社を合わせて「賀茂社」と称したのだという。

「どんな術ですか？」

「藤尾狐の生まれ変わり。七福の体に藤尾狐の魂を宿らせる」

「あっ。大事ですよね」

「水の流れる場所がいい。上賀茂神社が最適だ」

妖狐・藤尾狐の魂を野狐の七福の胎内に転生させる術が、とうとう行われるのだ。

「青龍さん、寂しがるかもしれないですね」

先月半ばから、藤尾狐の魂は京の東を守る青龍に預けてある。龍が気に入るという、人間の赤ん坊の形を取らせて。

「寂しがっても仕方あるまい。……だが、半月も預けているわけだからな。転生した後に清水寺参りに行かせれば、青龍は喜ぶだろうよ」

「親代わりが増えますね」

「預かっていた青龍に、名付け親の宗旦狐。親代わりが二人だな」

「転生の術を行う晴明さんも、でしょう？」

「ふん？」

笑いなのか相槌なのか不分明な声を返して、晴明は桃花の隣を歩く。

真如堂の丘を見上げた時、「桜だ」と小さくつぶやいた。

「そうだ晴明さん。出会って一年過ぎたのに、記念日っぽいことしてないですっ」

大発見のような口調で桃花が言うと、晴明は「要らん」と一蹴した。

「え。師弟の出会いから一年だから、何かあるのかと思いました」

「普通に師弟をやっていればよろしい」

季節の年中行事は大切にする晴明だが、出会って一年、というような記念行事は興味がないらしい。

「じゃあ、弟子から質問です」

「うむ」

「どうして、水の流れる場所なら上賀茂神社なんですか？」

「もうすぐ上賀茂神社で、曲水《きょくすい》の宴《えん》が行われるからだ」

「曲水の宴？」

二人で丘のふもとのゆるやかな坂を上る。

ヒイラギの生垣で囲まれた二軒の家が、それぞれ晴明の家と桃花の家だ。

「境内に流れる小川に盃《さかずき》を流し、当代一流の歌人たちが順番にその酒を飲みながら和歌を詠む」

「すごい。当代一流って響きがすでにかっこいいです」

現代にどんな和歌が素晴らしいと評価されているのか桃花は知らない。それでも和歌の秘奥を極めた人々が集う場を想像して、憧れてしまう。

「当代一流の歌人たちが水辺で和歌を詠む場所。素敵」

「だが、吾《われ》を越えられるかな？」

誇らしげな男性の声がして、晴明の懐から小さな手がにょきりと出た。

髷《まげ》を結った髪に、尖った顎。

飛鳥時代《あすかじだい》か奈良時代《ならじだい》を思わせる装束。

どちら様ですかと問いたくなったが、桃花はとりあえず晴明の顔を見た。

「飛鳥時代の歌詠みだ。柿本人麻呂《かきのもとのひとまろ》なら、日本史や古典で習っただろう」

「万葉集の歌人ですよね。……でも、なぜ晴明さんの懐に」

「一緒に上賀茂神社の下見をしていた。朝から」

――朝からお昼過ぎまで、ずっと懐に入れてたんだ……。

頭の中で母親の葉子が「仲良しかっ」と突っこみをいれた。

「あのう、立ち入ったことを伺いますが、人麻呂さん」

「何じゃろ」

「亡くなってから、生まれ変わってないんですか？　天道《てんどう》とかに」

「いい質問だ」

晴明が褒めた。

「吾は本物の人麻呂から派生したが、人麻呂その人ではない。和歌の神としての柿本人麻呂じゃ」

細い指先で、人麻呂は口ひげを引っ張ってみせる。威張っているらしい。

「神様なんですね」

「えらい素直な子じゃの。さよう、人間としての柿本人麻呂の魂は死後閻魔庁へ赴いたが、遺《のこ》された現世の人々は、柿本人麻呂を和歌の神として祀ったのじゃ。この国のあちらこちらに、人麻呂神社がある」

「そっか、有名だから、歌人のみんなが心のよりどころにしたんですね」

人麻呂はさらに口ひげを引っ張ってみせた。抜けないか心配になってくる。

「桃花。あそこに真如堂があるだろう」

晴明が桜の咲く丘を指さした。

「いつもは秘蔵されているが、真如堂の宝物群の中には柿本人麻呂の木像がある。もともとは、とある人麻呂神社の御神体だった像だ」

「吾の正体はその木像。ややこしいかもしれんが、和歌の神であり付喪神でもある」

「ご近所さんだったんですね！　しかもハイブリッド神様」

冬には古裂《こぎれ》の炬燵《こたつ》布団と電気炬燵から生まれた幼い付喪神に出会ったが、こちらはハイブリッドと言ってもずっと年長のようだ。

「うちの弟子は現代生まれだ。舶来の言葉をよく使う」

人麻呂が疑問を呈する前に、晴明が注釈を入れた。

「おう、おう。絵が好きな子だと聞いておるよ。吾にも、そっちの本を見せてくれるじゃろうか」

図録に興味を示した人麻呂は、目をきらきらさせている。趣味が合いそうだ。

「いいですよ。晴明さんのお家《うち》で一緒に見ましょう」

「おおきにありがとう。上賀茂神社で悩ましき光景を見てしまったでの。吾は心の慰めが欲しい」

しみじみと人麻呂は言い、つかんでいる晴明の襟に目尻を寄せる。

「そこで涙を拭くな」

「泣きまね、泣きまね。相変わらず厳しいお方じゃ」

飄々《ひょうひょう》たる調子で人麻呂は言った。

晴明と縁の深い真如堂の宝物なだけあって、お互いに古い顔見知りであるらしい。

——それにしても『悩ましき光景』って何だろ。

ヒイラギの生垣の向こう、縁側で白い猫と三毛猫が並んで寝そべっている。

晴明の家に住む猫のあやかし・瑠璃と、桃花の家の飼い猫・ミオであった。

「いつの間にか仲良くなりましたよね」

「うむ」

「可愛らしいが、吾は近づきませぬぞ。鼠と間違われて食われたら大ごとじゃ」

晴明の懐にほとんど身を隠して、人麻呂はぶるぶると震えた。

＊

上賀茂神社は今、桜の花が濃きも薄きも盛りなのだという。

人麻呂を懐に入れて出かけた晴明は、朱の鳥居をくぐって桜の一本一本を見て回り、邪《よこしま》な気が凝っていないか検分していた。

曲水の宴の会場となる渉渓園《しょうけいえん》へ歩いていくと、二人の若い女性が川縁《かわべり》に立っていた。

髪の長い女性は両手を組み合わせて祈るかのように。

もう一人の髪の短いやや年長の女性は、寄り添って支えるように。

そこで役に立ったのが、冥府の官吏の鋭い聴覚であった。

《どないしようお姉ちゃん。こんな状態で、曲水の宴には出られへん》

髪の長い女性が細い声で言った。

桃花とそう変わらない、まだ少女の声であった。

《あのなぁ、カナコさんや？　歌を詠むのはお母さんやろ。うちらは観覧席で見てるだけやん。元気だしや》

姉と呼ばれた女性は元気づけるように言ったが、カナコは浮かない様子であった。

《歌の神様に申し訳が立たへん。うち、歌が詠めなくなってしもたんよ？》

姉の表情が曇った。

《言葉が、出てこぉへんの？　うちも大学のゼミで忙しい時そうやったわ》

《ううん、ううん。ちゃう》

子どものようにカナコは首を振った。

《出てくる言葉がおかしいねん。好きな子ができてから》

《ええ？　好きな子、おったんや》

姉は驚いた風であった。

《高校の、同じクラスの男子で、別にすごくかっこいいわけやないけど、つい目で追ってしまうねん。で、和歌を詠もうとしても出てこぉへん。かわりに》

《かわりに、何が出るん？》

少し楽しんでいる口調で姉が聞く。

《歌詞みたいやねん。【ぼくの地球儀を変えるのは君との未来だけ】みたいな》

《ああ、どっかの歌手が歌いそうな。そら、重症やな。五七五七七の三十一文字《みそひともじ》はどこ行ったん？》
笑いを嚙《か》み殺《ころ》すような声で姉が言った。
カナコは《重症や》とかなり深刻な口調であった。
《自分で言うのも何やけど、母親が歌人で、中高生向けの短歌賞で受賞したうちが》
《はいはい、天才少女歌人》
気乗りしない棒読み口調で姉はカナコの言葉を受ける。
《そのうちがやで？　好きな男子からお気に入りの歌手を教えてもろて、一人ネットで聞き続けてそっちに染まってしもたとか。ありえへんやろ？　キモくない？》
《うんキモい。心配して損した》
《ひどっ！　お姉ちゃん、ひどっ！》
《まあ、まあ……。激しい気持ちも、いつかは冷めるんちゃう？》
《それも嫌や。冷めたくない》
出会った頃の桃花のようだ——と、晴明は感慨深くなったらしい。
懐の中で聞いていた人麻呂は、カナコが不憫《ふびん》でたまらなかったという。

＊

「一通りお聞きして、まず疑問に思ったんですけど」

ほうじ茶の湯呑《ゆの》みを座卓に置いて、桃花は声を出した。我ながらこわばっている。

「おお、わが声真似の巧さの秘訣《ひけつ》か」

人麻呂が能天気に言った。

今までの顛末《てんまつ》は、人麻呂が女性たちの声帯模写もしながらリアリティたっぷりに語ってくれたのだ。

「上手だったけど、そうじゃありません」

桃花は声を荒げないよう気をつけて、知らぬ顔をしている晴明を見た。

「何ですか、晴明さんの『出会った頃の桃花のようだ』っていう感想は。一年前のわたし、そんなに感情の起伏が激しかったですか？」

話に出てきたカナコには悪いが、自分はそこまでではない、と桃花は思うのだ。

「あの頃の桃花は、童女らしさから抜けきれない娘だった。よく成長してくれたな」

真顔で言う晴明に、つい頬を緩めた。

「いい話っぽくまとめられちゃった。でも、ありがとうございます」

あっさり喜んでしまう自分は、もしかしたら世間で言う「ちょろい」人間なのかもしれない。

しかし、晴明ではなく別の相手だったら違う、とも思う。

他の大人に対しては、自分はもう少し厳しいはずなのだ。

「えー、おほん。吾が気に病んでおるのは、じゃな」

座卓に敷かれたハンカチの上で、人麻呂が話の口火を切る。

「歌詠みが韻律を失うのは、翼を片方奪われたのに等しい。つまり才能を案じておる」

「韻律って、五七五七七のことですか？　短歌の」

「さよう。ちと別の歌詠みの和歌を、ゆるりと詠ってみよう。やまとの国の言葉を話す者には、心地よく響く」

　　あいみての　のちのこころに　くらぶれば　むかしはものを　おもわざりけり

「『あい』って柔らかい音からだんだん濁点が出てきて、面白い響き。百人一首に出てくる和歌ですね。ええと、作者は誰でしたっけ」

「権中納言敦忠《ごんちゅうなごんあつただ》。藤原《ふじわら》敦忠じゃ。後で本で確かめておくれ」

後で本を、とは、晴明によく似た指導の仕方である。

「ともかく『あなたに逢《あ》ってからに比べれば、以前は何も考えていなかったようなもの』という、恋する者にとっては至極当たり前の状態を和歌の韻律に乗せれば、かように趣深く心に響く」

「直訳しちゃうと身も蓋もないですね」

「そこが和歌よ。日常で交わす言葉から韻律に乗って飛翔する」

至って和歌の神様らしい話をした後で、人麻呂は項垂《うなだ》れる。

「現代の歌謡が悪いと言うのではない。しかし歌が詠めぬとは、歌詠みにとって片翼をもがれたも同然じゃ。和歌に心を遊ばせ飛翔させた経験があるだけに、もともと歌を詠まぬ人間よりもつらいであろうのう」

桃花自身に置き換えると、絵が描けなくなるようなものだろうか。そう考えると、カナコという女性の悩みぶりはさほど突飛な状態には思えなくなってきた。

「問題は、心の揺れを抱えた歌詠みが『曲水の宴』に加わる点だ」

いったん整理するぞ、という調子で晴明が言った。

「藤尾狐を転生させる術には、水の流れる力と和歌の力、人の集う場の力が要る。そこへ心乱れた歌詠みが加わるのはよろしくない」

「恋してる人に罪はないと思いますけど」

若干むっとしてしまったのは、話だけでカナコに感情移入してしまったからだ。

「罪はないが乱れは生じる」

だったら分かる、と思い、桃花はうなずいた。

「よろしくないとは言ったが、あのカナコという娘は勘が良い。心の乱れた歌詠みが加わることで京の祭礼が損なわれる、との認識は的外れではないからな」

「げに、げに。さようでございます」

人麻呂は主にカナコの心を案じ、晴明は京の祭礼や転生の陰陽術が妨げられるのを案じているようだ。

「じゃあ、カナコさんが歌を詠めるようになれば問題ないですよね」

「そうだ。どうしたものかな」

晴明は桃花の買ってきた図録を手に取って開いた。

人麻呂も「何とかなりませぬかのう」と言いつつ図録を覗きこむ。

曲水の宴まで一週間あるので、しばし検討することにしたらしい。

「お茶、おかわり淹れましょうか？」

桃花は尋ねた。一杯目は晴明が淹れてくれたのだ。

「ありがとう。頼んだ」

——むしろ、わたしの方が『頼んだ』ですよ、晴明さん。

晴明はおそらく、何か考えがあって図録を開いたのだ。

桃花には、そう思えてならなかった。

＊

開いた図録の前で、人麻呂が「絵の中に入りとうございますな」と言う。

晴明が相槌を打ち、茶を飲む。

人麻呂も小さな茶杯で飲みながら、ぽつりぽつりと和歌の話をする。

そんなやり取りを、桃花は筆ペンで絵の模写をしながら聞いていた。

模写しているのは出展された水墨画の一つ、十時梅厓《とときばいがい》による『釣便図《ちょうべんず》』である。

特に気に入った絵なので、図録だけでは飽き足らず絵葉書を買ったのだ。

東屋《あずまや》にいる三人の男性のうち、一人が青い水の流れに釣り糸を垂らしている。

──この釣りをしている丸顔のおじさん、楽しそうなんだよね。

可愛いと表現するのも妙な気がしたが、やはり幾ばくかの可愛らしさがあった。

ほぼ描き終えた頃、ふとこちらを見た人麻呂が破顔した。

「おお、晴明さま。お弟子が呪符を作っておる」

「えっ？ これはただ、模写しただけですよ？ 呪符だなんてそんな」

慌てて言ったが、人麻呂は晴明の袖を引かんばかりに驚いている。

「ほれ見なされ、絵に力が宿ってござる」

──ち、力？ 陰陽術に関係あるの？

まさか絵の技術的に「巧い」という意味ではないだろう。

「ほう。これも水の絵だな」

意外なことに、晴明は人麻呂の言葉を否定しなかった。

「桃花。悪いがもらっていいか？」

「どうぞ！ 本当に練習のつもりで描いた模写ですけど、陰陽術に使えるんですね？」

「加筆は要るがな」

「また合作ですね。方円の桃みたいに」

見守る桃花と人麻呂の前で、晴明は自分の万年筆を使って文字を書き加えた。

水は木を生ず

陰陽五行の法則の一つだ。

水は植物の養分となって生育させる、という意味である。

「出番だ。柿本人麻呂」

――ん、急にフルネームで呼んでる？

あえて、であろう。きっと陰陽術を扱うに際して意味があるのだ。

「この絵に基づいて、物の名を詠みこんだ歌を頼む」

「かしこまってございます。いかなる名を」

「『葵《あおい》』か『桂《かつら》』だ。またはその両方」

「三十一文字に、二種も物の名を！　鬼のようなお方じゃ、こちらも腕が鳴る」

物の名とは和歌の専門用語だろうか。

――葵は、双葉葵かな。上賀茂神社や下鴨神社の御神紋。

桃花が推測しているうちに、人麻呂は朗々と詠いはじめた。

水のようにさらさらと、人麻呂の歌を晴明は呪符に書きとめていく。

逢う日こそ　清く思《おぼ》ゆれ　上賀茂の　闇に打《う》ち克《か》つ　濫觴《らんしょう》の水

――出逢《であ》う日をこそ、清いと思います。上賀茂神社の、闇に打ち克つ濫觴の水。

頭の中で、おおざっぱに現代語訳する。

韻律が重要だという人麻呂の話を思い出し、桃花は音読してみる。

「あうひこそ、きよくおぼゆれ、かみがもの、やみにうちかつ、らんしょうのみず」

五七五七七の韻律は、確かに心に馴《な》染《じ》みやすい。

――濫觴って『物事の始まり』って意味だっけ。でも何でこの字なんだろ。

字の意味も分からない。晴明も人麻呂も分かっているのだ、と思うと歯がゆい。

大急ぎでスマートフォンを使って検索すると「濫觴の字の意味は、盃を浮かべる程度の細い水」と出てきた。曲水の宴を思わせる言葉だ。大河もその始まりはその程度の細い流れに過ぎない、という意味なのだという。

「さすがだな、人麻呂。これなら陰陽術に充分使える」

「いやはや。『あおい』ではなく『あふひ』になりました。葵はもともと『あふひ』

と呼びましたので、そちらで」

「問題ない。よくやってくれた」

健闘をたたえあう二人に置いていかれたようで、桃花は手を挙げる。

「ごめんなさい、説明をください」

濫觴が『物事の始まり』および『盃を浮かべた細い流れ』を意味すること、葵が神紋を意味するであろうことは分かったが、後は分からない――と正直に話す。

「ふむふむ、順調に育っておられる」

人麻呂が、よく分からない感想を述べた。

「桃花。物の名とは和歌の技の一つで、名詞を歌に詠みこむことだ。『葵』は初句の『逢う日』だな。『桂』はどこにあるか、分かるか？」

――クイズみたい！　ええと、どこだろ。

もう一度音読してみて、「見つけた」と声を上げる。

「やみにうち『かつら』んしょうのみず！　第四句と第五句にまたがってますね」

「正解だ」

「正解じゃ」

人麻呂が小さな手で拍手してくれた。

「ありがとうございます。でも、どうして『桂』も要るんですか？」

「桃花は、葵祭《あおいまつり》には詳しくなかったか」

「はい。ニュースで見た斎王代《さいおうだい》の行列がきれいだった、くらいです。斎王代って、毎年京都市内の女性から一人だけ選ばれるんですよね」

葵祭とは、毎年五月に行われる上賀茂神社と下鴨神社の祭礼だ。

五月十五日には、斎王代と呼ばれる女性を中心にした華やかな行列が周辺を巡る。

「あと、斎王代っていうのは昔の賀茂斎院《かものさいいん》の代わりなんですよね」

「斎院を、よく覚えているな」

「授業で出てきましたもん。式子内親王《しょくしないしんのう》の和歌」

はるかな昔、天皇の未婚の娘が「賀茂斎院」に選ばれ、上賀茂神社・下鴨神社で神に仕える巫女となったのだ。

式子内親王は平安時代末期の斎院で、歌人としてもよく知られている。

「斎院は、その身を賀茂社に捧《ささ》げたようなものだ。占卜《せんぼく》によって幼いうちに選び出され、斎戒沐浴《さいかいもくよく》の日々を送る。自身の病や帝の入れ替わりによって位を退いても、ほとんどは婚姻を許されなかった」

晴明の口調には、気遣いのようなものが感じられた。

「幼いうちに選び出されたってことは、他のお姫様みたいな暮らしはできなかったんですよね。たとえば他のお姫様と歌を詠んだり、貝合わせの遊びをしたり」

「帝の代わりに上下双方の賀茂社の祭祀《さいし》を司《つかさど》る仕事だ。生贄《いけにえ》に近いのではないか、と思ったこともある」

いつもと違う、と桃花は気づいた。

晴明の、一見分かりにくいが優しい性質はもう分かっている。だが今の言葉には、斎院に選ばれた皇女たちへの優しさの他に、斎院制度への憤りが感じられたのだ。

「もちろん昔の斎院も、葵祭に参列した」

桃花の気づきを知ってか知らずか、晴明は話を葵祭に戻した。

「そして葵祭を行う人々が必ず身に着けるのが、青々とした葵と桂の枝だ」

「枝、見たかもしれません、ニュースで」

必死で頭をフル回転させて、映像を思い浮かべる。

「斎王代は、畳んだ檜扇《ひおうぎ》に葵や桂を着けてました。男の人も冠に」

「やはり絵で記憶するのが巧みだ」

呪符を手に取って、晴明はかすかに笑う。

桃花が模写した釣りの絵、人麻呂が詠んだ歌、晴明の文字、三者の合作である。

「実は曲水の宴には、昨年の斎王代が参加して歌の題を読み上げる。一年間の任期を務める斎王代の、最後の仕事だ」

この葵と桂を詠みこんだ呪符は、曲水の宴の会場である上賀茂神社はもちろん、宴の場に来る斎王代もカナコも力づけるのだ、と晴明は説明した。

「私が人間の夢の中に入れるのは知っているな？」

「知ってますよ、何度もわたしの夢に来てるじゃないですか……って、まさか」

実に微妙で複雑な気持ちになる。

「カナコさんの夢に入って、呪符を渡すんですか？　今の歌を教えるんですね？」

「まさにそのつもりだ。一度見かけたので、すでに夢の通い路は設置済みだ」

「ネットの回線工事みたいに言いますね……」

「かなり嫌そうだな、桃花」

「カナコさんびっくりするだろうな、って思っただけです」

「そこは申し訳ないと思わなくもない」

「まあまあ。和歌が詠めるようになる方が、良かろうと存じます」

人麻呂がとりなそうとする。

桃花も「そうですよね」と応じた。

自分は嘘をついた、二つの気持ちのうち一つしか言わなかった、と思う。

──晴明さんが他の人と夢でお話しするの、ちょっと嫌だな、と思っちゃった。

去年からたびたび感じている気持ちだ。

晴明の隣で何かを教わるのは自分だ、という自負。

あるいはポジションへのこだわり。

──嫉妬は見苦しいよ。

自分自身の気持ちの動きに動揺して、桃花は座卓に突っ伏して目を閉じる。

何も知らない人麻呂の「おや、お弟子は疲れてござる」という声がした。

*

緑の宝石でできた天井のように、木の葉が輝く。

上賀茂神社の中でも最も細い川の流れる渉渓園《しょうけいえん》には、平安時代もかくやと思われるほどの王朝絵巻が展開されていた。

蛇行する小川の遠近に、平安時代の装束をまとった男女が座している。

赤い傘は歌人たちの日よけというよりも一種の結界のようだ。

楽の音が流れ、水干を着た子どもが細い棒を小川に差し入れる。石などに引っかからないように棒でそっと動かしているのは、鳥の形をした舟に乗った盃だ。小川の各所にいる歌人たちに無事盃が届くよう、子どもたちは奮闘しているのだった。

——なるほどー。あれが濫觴。『濫《らん》』が流れで『觴《しょう》』が盃。

桃花はそんな感想を抱くほど、のんびりした気分に浸っていた。

今年の歌題を詠みあげる斎王代の声が心地よすぎて、温かい泡風呂に浸《つ》かっているような感覚が抜けないのだ。

——これも、晴明さんの術のうちなのかな。

ボレロワンピースで少しおめかしをして、桃花は晴明の隣に座っている。

晴明も、和服ではなくスーツ着用だ。

本人曰《いわ》く、平安装束で臨む歌人たちに敬意を表して——とのことであった。平安装束に比べればかなり楽ないつもの長着や羽織を着ていくのは失礼、ということらしい。

——不思議。歌人さんたちは真剣勝負みたいな空気で、観覧席はのんびり。

観客たちのまとう空気がうららかでのんびりしているのは、境内を通る際に満開の枝垂れ桜を見てきたせいもあるだろうか。斎王桜、風流桜、みあれ桜、と。

「対面の観覧席にカナコと姉がいる。カナコは藤色のスーツだ」

晴明が小声でつぶやく。桃花は忙しく目を動かして藤色のスーツを探した。

髪の長い女性と、その姉らしき髪の短い女性が、淡い色のスーツを着て並んで座っている。服装のせいだろうか。話に聞いていたよりもずっと、カナコは落ち着いて大人びた雰囲気だ。

晴明と夢で出会った時は、やはり驚いたのだろうな、と思う。

一時感じた嫉妬はもうない。

高校生歌人ってどんな人なんだろう、という好奇心が勝った。

——あんなに大人っぽい人がまだ高校生で、恋で混乱するんだ。

相手は他人で女性だというのに、妙に心が騒いでどきどきする。恋と和歌、両方への好奇心だ。

おもむろに、カナコが小さなメモ帳を出すのが見えた。

まるで自動書記のように、カナコは歌人たちに視線をやったまま何かを書き綴《か》《つづ》っていく。

「あれは和歌に違いありませぬ！　誰のものでもない、あの娘自身の歌！」

梢《こずえ》から宴《うたげ》を見下ろしていた人麻呂が、嬉しげに叫んだ。

和歌の神の歓喜も知らぬげに、曲水の宴は静かに進行していく。

高校二年の始業式となる明日がいい日であるように、桃花は祈った。

＊

曲水の宴から三日後、晴明の家に行った桃花は一通の手紙を渡された。

白い封筒には双葉葵の絵が描かれていて、来月に控えた葵祭を連想させる。

表側に切手や消印はなく、「糸野桃花様」と読みやすい字で書かれている。

「今朝、本人から受け取った。授業の前に読んでおきなさい」

差出人は「私立からくさ図書館　滋野《しげの》時子《ときこ》」。

「ふぁー。時子さん！」

喜びの声を上げる。

時子は茜と同じく晴明の部下だ。

からくさ図書館は時子と教育係の篁《たかむら》が暮らす煉瓦《れんが》造の私立図書館で、晴明の家から徒歩二十分ほど北にある。

外見は二十歳手前、長い栗色《くりいろ》の髪と吊《つ》り気味の大きな目が印象的な美少女は、今日もからくさ図書館で利用客に美味《おい》しいコーヒーや紅茶を淹れていることだろう。

「最近、お会いしてなかったです。何だろ?」

「詳しく聞いていないが、『授業の励みになる内容』と言っていた」

「うーん? スイーツ食べ歩きのお誘いと見ました」

桃花と時子は、時々京都やその周辺で一緒に遊ぶことがある。

二月に食べ損ねた比叡山の湯葉入りティラミスを「リベンジツアー」と称して食べに行ったのは、三月の末のことだ。

封筒を開くと、二つ折りにしたカードが出てきた。


高校二年生に進級おめでとうございます。

ささやかですが、お祝いをさせてくださいませんか?

明後日《あさって》の金曜日は休館日です。

金曜日には閲覧室で、篁と一緒にお茶とお菓子をいただくことにしています。

(普段は食べ物持ちこみ禁止なので、週に一度のお楽しみなのです)

この間見つけたパティスリーの『いちごのプチガトー』をご馳走《ちそう》します。

庭では藤の花房が伸びてきました。

ぜひ、晴明様も双葉も一緒にお越しください。


カードに書かれた手紙を読み終えて、桃花は再び「ふぁー」と言った。

「喜んでいるのは分かった。私にも分かる言語で頼む」

「お祝い、嬉しいです……」

カードをたたんで封筒に戻し、胸に抱きしめる。

図書館や冥官の仕事の合間を縫ってわざわざ手紙をしたためてくれたのかと思うと余計に有り難かった。

「時子が気にしていたぞ。学業と陰陽道の両立はできているかと」

「ああ、時子様にそのような心配をさせてしまったとは」

「篁卿《きょう》みたいな物の言い方をするんじゃない」

「真似っこしたの、分かりました？　やっぱり」

篁から時子への溺愛ぶりを晴明も桃花も知っているので、真似してみたのだった。

「分かる。やめなさい」

嫌そうに晴明は言った。

「晴明さんて、篁さんのこと認めてるっぽいのに冷たいですよね」

「認めていなくはない。何しろあの男は、平安初期の名だたる文人。小野篁《おののたかむら》だからな」

「今、『あの男』って言いましたよね？」

「言ったがどうした。行けるか？　金曜日」

「学校が終わってから、お邪魔します。晴明さんも？」

「もちろん行く。急がせてすまないが、返事を書いてくれるか。双葉に持たせる」

「はい。電話じゃないんですね」

「今日は開館日だ。邪魔をしては悪い」

　晴明は桃花に便箋を一枚渡すと、「茶を淹れよう」と台所に向かった。

「ありがとうございます。ねえ、晴明さん」

　バッグからペンを取り出しながら、呼ぶ。

「ああ」

　と、晴明が返事をする。着物に炊事用のたすきをかけている時の、シュルシュルという衣擦《きぬず》れが聞こえた。

「晴明さんって、いい上司ですね」

「『いい上官』と言ってほしいところだ。冥官なのでな」

「いい上官で、いい先生です」

「突然褒めはじめたな」

しばらく互いに無言になる。

桃花は和室の座卓で時子に返事を書き、晴明は台所で茶を淹れる。

「書けたっ」

誤字はないか念のためチェックしていると、茶の載った盆を持って晴明が和室に入ってきた。

「言い忘れていた。時子のおかげで思い出したが」

「はい？　……あっ」

何となく察したが、にこにこ笑って晴明を見上げる。

「桃花。二年生進級おめでとう」

「ありがとうございます」

桃花の返事を聞いて何かの区切りがついたかのように、晴明が腰を下ろして座卓に盆を置く。

「言い忘れていたので、いい先生ではない」

「わたしも、言われてないことに気がつきませんでした。今の今まで」

「しかしご両親には言われただろう」

晴明は決まりが悪そうだ。

いい先生ですよ、と桃花は心の中で念を押した。

＊

からくさ図書館の裏庭では、薄紫の短い花房が夕日を浴びていた。

藤の花房だ。紫水晶のかけらに似たつぼみが密集して手のひらに握りこめそうな短さだが、日本画にしたくなるような興趣がある。

隅の方で咲き残っている白く小さな花はユスラウメで、初夏には赤く丸い実が実るのだと先ほど時子が教えてくれた。

「晴明さん、あれ見てください。塀の上」

窓際の席で紅茶とケーキを待ちながら、桃花と晴明は裏庭を眺めている。

「あの黒い鳥、ツバメじゃありませんか？」

煉瓦でできた塀の上に、黒い細身の鳥が旋回している。飛び去るかと思われたが、また戻ってきた。

「ツバメだな。巣作りの下見か」

対面に座る晴明は、灰色の無地の着物に藍色の半襟を合わせている。『花の咲く庭に柄物の着物ではうるさかろう』とのことであった。なお、桃花が今日着ているブラウスとボックスプリーツスカートについて意見を求めたところ『分からん』としか言わなかった。

「一羽《わ》しかいないですね。巣作りしてくれるかな」

「ツバメの巣ができれば、時子が喜びそうだ。縁起がいいらしい」

「館長の篁さんは？」

「何だかんだと文句を言いながら、巣が落ちないように台で固定してやるタイプだ」

「あはは。分かります」

思わず笑ってしまう。晴明が着物の懐から白い人の形の紙片を出し、双葉を呼び出した。今日は萌黄《もえぎ》色の水干だ。

「ももかどの。嬉しそうです」

「うん。時子さんおすすめの『いちごのプチガトー』だもん」

手招きをして、自分の左隣に座らせた。

「お待たせ」

受付の奥のドアが開いて、時子が姿を現した。

紅茶のポットやティーカップが載った盆を持ってこちらに歩いてくる。

「あっ、時子様。可愛らしい菓子は時子様が持っていった方が映えるというのに」

聞こえてきた柔和で落ち着いた声は、館長の篁だ。言っている内容が完全に、桃花の言う「溺愛執事」だ。

「あら、似合うわよ篁。館長なんだから、上座にいらっしゃいね」

ドアの方を振り返った時子が、嬉しそうに言う。

縁無し眼鏡をかけた長身の青年が、苦笑しながら出てくるところであった。

エプロン姿の篁が運んできたのは、小型のエクレアを二段に積み重ねて小さないちごを三つ飾った、愛らしいケーキであった。

「わぁぁ……」

桃花は陶然と、供された『いちごのプチガトー』を眺めた。

一番下には平たい円形のエクレアを一つ、真ん中には鈴カステラを思わせる丸いエクレアを三つ。てっぺんには形の揃った小粒ないちごを三つ。それぞれのパーツを生クリームがつなぎ、細かく刻まれたピスタチオが各所に散らされている。

テーブルに置かれた時点で、シュー生地の香りが鼻腔《びこう》に届く。それでいて、しつこいと感じさせない。時子がポットからティーカップに紅茶を注ぐと、卓上に遊ぶ香りはさらに甘美になった。

「プチガトー……プチなのに、パフェみたいに豪華です。ありがとうございます」

「どういたしまして。テイクアウト専門のお店で見つけて、桃花さんが好きそうだなって思ったの」

晴明の右隣で、時子は満足げだ。窓際でいわゆる「お誕生席」に座った篁は、時子の顔を実に幸せそうに見ている。

「わたしも驚いたけれど、こんな風に高さがあるケーキも『プチガトー』なんですって。『一人分のケーキ』という意味もあるから」

感激の言葉を交わしながら食べはじめた桃花と時子を尻目に、晴明と篁は「どういうバランスで立っているんだ」「細部はチョコレートで補強して、土台に薄いクッキー生地を敷いてますね。建築ですよこれは」と別の方向で感心している。

双葉は真ん中の丸いエクレアを一つ頬張ったきり、固まっている。

「どうしたの、双葉？」

対面の時子に尋ねられて、双葉は両頰に手を当ててみせた。

「美味さに驚いているようだ」

晴明が言い、双葉はようやく口を開く。

「なかに、いちごの味のクリームがいっぱい入っていました」

「幸せだねえ、双葉君」

ふふふ、と笑いがこぼれそうになる。赤みの強い紅茶はすっきりとした味わいで、時子の話ではセイロンティーらしい。

プチガトーを食べ終わって二杯目の紅茶が注がれた頃、話題は葵祭に移った。

「今年も五月十五日は休館ですね。斎王代の行列を観《み》なくては」

という、篁の何気ない言葉がきっかけであった。

上賀茂の社家町で飾られる葵の鉢植え、曲水の宴で歌題を読み上げた昨年の斎王代、そして式子内親王に話題が及んだ時、ふと時子が言った。

「桃花さん。わたしは朝廷につながりのある人間だという話は、もうしたかしら」

「はい。二月に」

京に百鬼夜行《ひやつきやこう》が迫り、桃花と晴明が琵琶湖のほとりへと向かった一件だ。

百鬼夜行の正体は、朝廷と因縁のある蝦夷。だからこそ、朝廷とつながりを持たない桃花が重要な役割を担うことになったのだ。

「でも朝廷とのつながりは、茜さん、晴明さん、篁さんも、ですよね？」

茜もぼかした言い方をしていたし、桃花も詮索しなかった。

だから、その程度しか桃花には分からない。

「時子様」

篁が穏やかな声で呼びかけた。時子だけを見ているような、熱のこもった表情で。

「いいのよ篁。桃花さんは、生身の人間なのに蝦夷に立ち向かってくれた。ここまで関わってくれたのなら、わたしも応える」

幼さが残る美貌に、凜とした決意が宿っている。

「聞きたいです。時子さん」

桃花の言葉を聞いて、時子はいたずらっぽく微笑む。

「逃がさないわよ？」

――逃げない。わたしは絶対この人を傷つけない。

桃花は黙ったまま、時子に向かって手を差し出した。その手を、一瞬ためらってから時子が捕らえる。卓上で、二人の少女の手がつながった。

鎌倉時代の『新古今和歌集』を時子が「新しい」と言ったこと。

参議という高位に昇った篁の、「時子様」という呼び方。

去年の初夏に晴明から聞いた「今の時子は、普通の少女として生きることを望んでいる」という言葉。

さまざまな点が線となって、桃花の脳裏に浮かび上がる。「賀茂斎院」という文字列となって。

「桃花さん。二代目の斎院はね、時子というの」

「はい」

――話してくれて、信用してくれて、ありがとう。時子さん。

感謝を視線にこめてみる。余計な言葉は要らないと思ったのだ。

「篁は、わたしが斎院の位を退いて祖父のもとにいた時の先生」

「時子様と私は長い間離れ離れでしたが、この図書館ができる少し前に、冥官として再会しました」

篁が懐かしそうに言った。

ああ、そうなのだ、この少女の持つ気高さは、遠い昔に望まずして与えられた役目ゆえなのだ――と思うと、時子を守らねばという使命感が湧いてくる。

――篁さんの気持ち、分かる。

溺愛執事などと妙な呼び名をつけて、申し訳なかった、と思う。

「二人とも、そろそろ離れてください。私が妬《や》きます」

微笑を浮かべつつ、篁が時子の手をそっと桃花から引きはがした。「溺愛」は間違っていないかもしれない。

「時子。ツバメが巣を作るかもしれない」

晴明の言う通り、塀の上に二羽のツバメが憩っていた。

「楽しみね」

「私の縄張りで営巣されても、困るんですがね。巣が落ちたらなおさら困りますから、大工道具の準備でもしておきますか」

晴明の予想そのままに篁はぼやき、時子が幸せそうに「お願いね」と言った。

第二十九話・了

第三十話

屋敷神の独り言

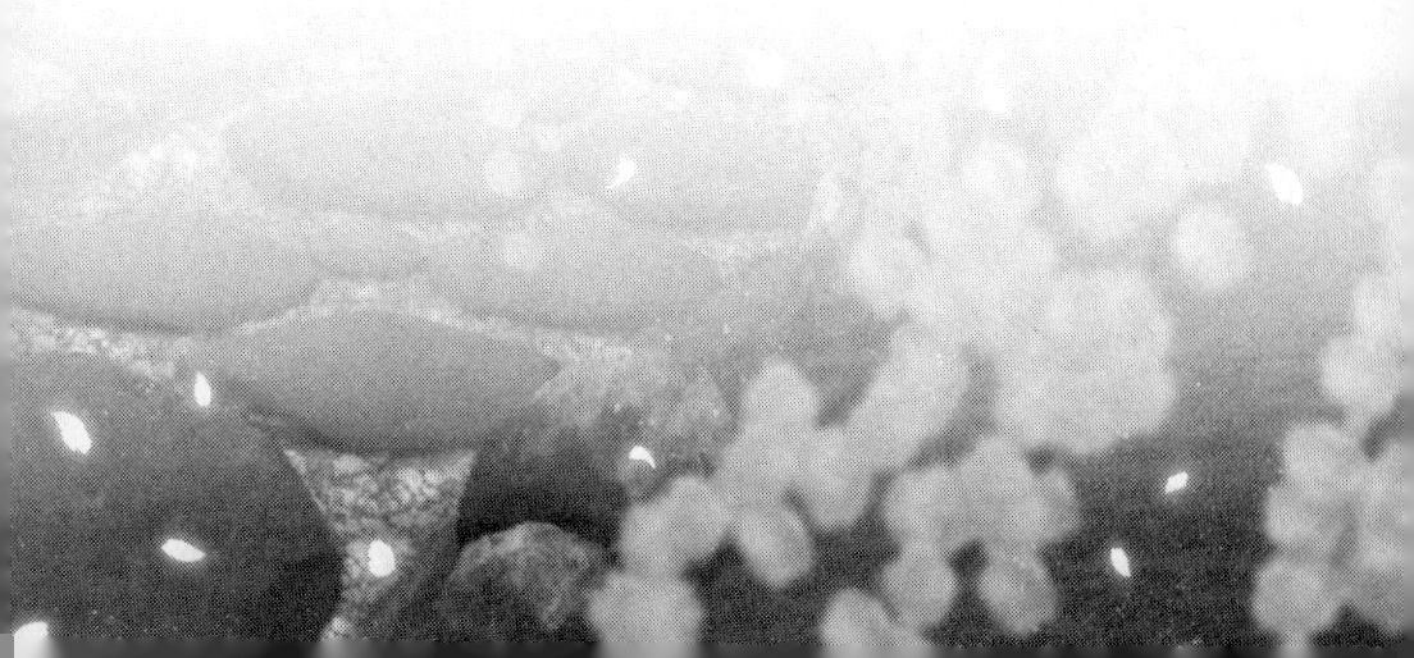

松葉の薫る庭で、長い間ずっと「屋敷神様《やしきがみさま》」と呼ばれていた。

祠《ほこら》に供えられるのは、栃餅や酒、賀茂川の源流の水。

集落の名は、雲ケ畑といった。

寺社の立派な塔や鳥居はないかわりに、空に広がる雲の威容が人間とともにある。だから雲ケ畑と呼ばれるのだろう――と、最後の当主が言っていた。

子守唄を歌って我が子をあやしながら、当主の妻が「屋敷神様、良いお天気ですね」と話しかけてくれた。

大きくなった子どもは慣れぬ動きで竹ぼうきを扱って、祠の周りをきれいにしてくれた。供え物の餅や菓子に、ちらちらと視線を送っていたのが可笑《おか》しかった。

庭から見えた木々は、天を衝《つ》く北山杉。

自分の祠はあの木からできているのだと当主から聞かされて、不可思議な気持ちになったのを憶《おぼ》えている。

その北山杉を植えるために、屋敷は庭ごと毀《こぼ》たれた。

安住の地であった祠を失って、心は次第におぼろになり、あちらこちらへ遊行した。

およそ百年が経《た》ったと分かっていたのは、それでも道を行く人間の会話に聞き耳を立て、町の様子を見続けていたからだろう。

結局、人が恋しかったのだ、と思う。

疏水の流れる哲学の道のほとりで、「吉報庵」と看板をかけた敷地《しきち》に入りこんだのも人が出入りし歓談する様子を感知したからだ。

松葉の香りがする、と思った。

吉報庵の庭には他にも楓《かえで》や椿などさまざまな樹が植えられていたが、まず感じ取ったのは懐かしいあの庭の匂いだった。

そして、母屋に迎えられた男に惹《ひ》きつけられた。

琥珀《こはく》色の髪と目を持つその男は、連れの少女に「晴明さん」と呼ばれていた。

外見こそ青年であったが、あれは人ではない、と思った。

たとえるなら、清流の中で洗われ続けて丸くなめらかになった石。あるいは、枝を伸ばし続けた大樹。

あるいは、稲荷の祠を守り続ける白狐のような気を、その男はまとっていた。

夫婦に化けた野狐が母屋に誘われて、妖狐の魂を身に宿す話が始まった時には、あの輪の中に入らねば、妖狐の魂は自分が連れていかねば、と思った。

折を見て、その場を取り仕切っている茶人に近づこう、と決めた。

名乗る名前は、松庭が良い《い》――と。

＊

「晴明さん。一緒に行きましょうよ、子と古都ブックス」

縁側に腰かけて本を読んでいる晴明に、桃花は後ろから話しかけた。

着物の肩を微動だにさせず、晴明は「ああ」と生返事をする。

——翻訳すると『今この本を読んでいる。その件は後で』かな。

とは言ってもそれは推測に過ぎないし、きちんと言葉に出してくれなくては交流のしようがない、と桃花は思う。

なので、構わず話しかける。

「松庭さんを子と古都ブックスに連れていってから、そろそろ一ヶ月ですよ。どうなったか気になりません？」

「問題ない。花山稲荷がこの間来て、様子を聞かせてくれた。店内の鳩時計に宿って、元気にやっているそうだ」

きちんと返答してくれたので、桃花は口の両端を上げる。

「直接、様子を見に行きましょうよ。星見千代先生の個展もそろそろ終わるし」

「あの画家の絵は、もう一度見に行っても良いと思うが」

ようやく本を閉じて、晴明がこちらを振り返る。

「ずいぶん気にしているな。あの屋敷神を」

「気にしますよ。だって」

個人的に禁句にしている「だって」を使ってしまい、思わず口を手で押さえる。

「……百年も、さまよっていたのは気の毒だと思うし。結果的に、『藤尾狐転生計画』から追い出したみたいに思えるし」

「妙な名前をつけるんじゃない」

「すみません。ゲームっぽい名前になっちゃいました」

「だいたいだな。松庭を疎外したように見えるのは、桃花の目から見た世界だろう」

世界、とやや大げさに思える言葉を晴明は用いた。

「私は見届けた。店主の立居振る舞い、台所に貼られた愛宕《あたご》神社の火事除けの札、植物の置かれた店内の気。松庭も『ぜひここに宿りたい』と言っていた」

「む、む。それは何よりですけど」

晴明の話してくれた内容は喜ばしいが、それでも桃花には不満がある。

「わたしは晴明さんの弟子じゃないですか」

「弟子として、松庭さんと新しい居場所を見届けたいです」

「見る分には良かろうが」

晴明は顎に手を当て、説教めいた口調になった。

「雲ケ畑の屋敷神だった松庭は、街中の絵本屋の守り神として修行を始めたところだ。

あまり手を貸すのは望ましくない」

「見るだけです。それにね、晴明さん」

スマートフォンを晴明に差し出す。子と古都ブックスで個展を行っている日本画家、星見千代の公式サイトが表示されている。

スクロールして、『作家在廊日　四月十一日から十六日』という部分を示した。

「ほら、今日が最終日です。十六日の日曜日」

「本人に逢える貴重な機会だな」

「志望校出身の画家さんに、お話を聞きたいです」

「迷惑にならない程度なら良かろう」

「大人の人が一緒に行ってくれれば、安心です」

「もう高校二年生だ。桃花一人で行って何も不都合はない」

「何を今さら」

晴明は立ち上がって本棚に本を戻している。出かける気になったのだろうか。

「だが、あの絵を描いた作家には会ってみたい。絵の技は、桃花が将来使う陰陽術にも関わってくるかもしれないからな」

「わあ。ありがとうございます！」

万歳をした桃花に、晴明はゆるゆると首を左右に振ってみせる。

「『だって』を使うのは不可で、万歳をしたり個展に一緒に行きたがったりするのは良いのか。桃花の大人らしさの基準はよく分からん」

「謎基準ですみません。ただ」

次の言葉を促すかのように、晴明は桃花を見る。

「松庭さんが居心地よくしているならその様子を晴明さんと一緒に見たいし、逆に困っているなら、晴明さんが居てくれないと困ります。だから、出かける気になってくれて嬉しいです」

甘えた物言いになってしまっただろうか。

晴明は桃花の言葉には頓着せず、薄い財布や小さな巾着を用意している。

「一度桃花の家に寄って、親御さんに伝えていこう。受験のため卒業生の画家に話を聞きに行く、と」

「はーい。報告・連絡・相談はビジネスの基本ですね」

「それだけではない。ご両親も誘おう」

「ああ、そう言えばうちの両親、台湾旅行の時に画廊の絵を喜んで見てました」

「うむ。ご両親も絵に興味があるのが、だんだん分かってきた」

晴明なりに、近所づきあいには気を遣っているらしい。

＊

開きかけのつぼみのようだった、と松庭は思う。

晴明が連れていた、桃花という娘のことだ。

丸い頬は桃の花びら、張りのある髪は花の萼《がく》、手足は若枝のようだった。

垂れ気味の大きな目が、くるくるとよく動いていた。

吉報庵から垣間見《かいまみ》た時も、晴明の家でまみえた時も。

人でも猫でも雀《すずめ》でも、年若い生き物は目を惹くものなのだ、とあらためて感じた。

桃花が晴明を見る視線には、憧れと好奇心がこもっていた気がする。

一度、雲ケ畑の屋敷に鷹《たか》の羽が落ちていたのを、当主の末っ子が大喜びで拾ってためつすがめつしていたことがある。

晴明を見る桃花の目の輝きは、あの末っ子に似ていた。

――晴明公と、桃花どの。二人とも、どうしているだろう。

壁にかけられた鳩時計から、松庭は子と古都ブックスの店内を見下ろした。

この新たな住処《すみか》は三十分ごとに鳩が飛び出して音楽が鳴るので少々騒がしいが、屋根がついているあたりは元の祠を彷彿《ほうふつ》させるので妙に落ち着く。

――落ち着くのは、絵のせいでもあるか。

赤いワンピースの童女。

七五三祝いの千歳飴《ちとせあめ》を持った幼い姉弟。

町角の地蔵堂に花を供える親子と飼い犬。

――平凡きわまりない。だが、心に入りこんでくる絵だ。

描いたのは、店の隅のソファで茶を飲んでいる二十七、八歳の女性だという。

名は、星見千代。

人間たちの話を総合すると、京都市に住む日本画家、と分かった。

新進気鋭の作家と呼ばれている、ということも。

星見は母親ほども年の離れた店主と親しく言葉を交わしては、訪れた客に挨拶したり、絵についての解説をしている。

細い体で緻密な日本画を描く彼女の営みに、大したものだと松庭は驚嘆する。

ブラウスの肩は薄く、首も華奢《きゃしゃ》だ。

自分が雲ケ畑の屋敷神であった頃は、外で働く女を「女だてらに」と表現したものだが、訪れる客は誰もそのような評は下さない。岩絵の具の使い方や、画題となった七五三や地蔵盆などについて話している。

この画廊に来て、おぼろであった心持ちが日に日に明瞭になってきた。

今では、星見が学んだのは京都市西部にある芸術大学で非常に長い歴史を持つことや、子と古都ブックスが子ども向けの本を専門に売る店であることも分かっている。

——世の中は変わった、のだが。

星見の足元に転がっている白い毛玉のようなものは、ずいぶんと古い。

雲ケ畑の屋敷でも、風に運ばれていくのを時おり見かけた。

——木霊だ。古い樹木の魂。

いずこかの神木だったのだろうか。

松庭が見たことのある木霊の中で、おそらくは一番大きい。

生き物に喩えれば、狸《たぬき》ほどだ。

端の部分は根のように細かく枝分かれして、葉脈のような網目も見える。

——我の守る場所はこの店。あの画家は、明日になればもう来ない。

ならば、放っておけば良いようなものである。

しかしそれでは、冷たすぎるようにも思う。

一見害はなさそうだが、街中に出てきた木霊が人に悪影響をおよぼす可能性は皆無とは言えない。

そもそも、宗旦狐や晴明、桃花に対して身分を偽った自分である。

——励まねば慚愧《ざんき》の念に駆られること間違いなし。

記憶を手繰る。雲ケ畑の屋敷であやしい存在に出くわした時、どうであったか。

敷地に入りこんだ木霊は、放っておいても問題なかった。そのまま風に乗って元いた森に帰るからだ。

客に憑いていた疫神に「去れ」と一喝して退散させたこともある。

だが、街中に迷い出てきた木霊など初めての相手である。

——また花山稲荷が来たら、相談してみるか。

花山稲荷の神狐は、台所の火事除け札以外に守り神のいなかったこの店を案じ、桃花に知らせたのだという。

──いやいや、新米の守り神とはいえ、相談などしていて良いものか。

星見の足元で木霊は心地よさげに転がっている。

飼い主について回る犬のようだ。

「木霊よ。その女が好きか」

試しに話しかけてみて、ぎょっとした。

木霊ではなく、星見がこちらを見上げて不審げな顔をしたのだ。

「どうしたの、星見さん」

エプロンを着けた店主が、にこにこしながら星見に近づく。

「もしかして星見さんも、『鳩時計の小人さん』が見えた？」

「あ、ＳＮＳで拝読しました。小さい子どものお客さんが手を振ってるっていう」

「そうなんよぅ」

普段は抑えているのであろう関西なまりをのぞかせ、店主は言う。

「鳩時計はほら、屋根があってお家《うち》みたいやろ？　そやから、誰か小人さんが住んでるって思わはるのかもしれへんねーって、夫と話したんだけど」

「たぶんそうですよ」

星見がまたこちらを見上げた。

華奢な体だが、強く鋭い目つきだ。瞳は深い色をたたえている。顎の線が美しい。艶のある女だ、と屋敷神は思う。

もし百年前の雲ケ畑なら「鄙《ひな》には稀《まれ》なる美女」と評されていたかもしれない。

「屋根付きの鳩時計だから、きっと誰かが住んでます」

「まぁた千代ちゃん、真面目な顔で不思議なこと言って。子どもの頃からそうやって大人をからかうんだから」

店主が星見を名前で呼び、怒ったように腰に両手を当てた。

芝居がかったその様子に、星見は「ふふ」と笑う。

「すみません。でも本当に、そんな雰囲気だと思ったんです」

「あらそう？　めっちゃ時間かけて選んだんよ。子どもが喜びそうで、お店の内装に合うのをね」

すぐに笑顔になった店主が、奥の台所へ向かう。

「ちょっとお客さん途切れちゃったから、お茶淹れましょ。星見さんは座ってて」

「ありがとうございます。お言葉に甘えます」

素直に星見は椅子に座った。

「お母様はお元気？　初めての個展で心配してらしたでしょ。昔から心配性だけど」

台所で茶の準備をしながら、店主が尋ねる。

どうやらこの店主は、星見の母親とは古い知人らしい。先ほど星見を「千代ちゃん」と呼んだが、もともとはそう呼んでいたのだろう。

「幸い、何枚か売れましたから。ひとまず安心、と言われました」

「あら良かった」

「ほんと心配性なんですよね、うちの母」

「心配されてるうちが花やで？」

「うわーあ、重い。言葉が重い」

星見が感情豊かな声を出し、屋敷神は（おや）と首をひねる。座る星見の足元で、木霊がいかにも嬉しそうにころころと身を躍らせたのだった。

＊

満月の輝く鞍馬《くらま》の山で、星見はケサランパサランを見たことがある。

最初は何かの本で見た。綿菓子のように白くふわふわとした生き物だ。

生き物というよりは一種のあやかしであるらしい。

ケースに入れておしろいを食べさせると、願いを叶《かな》えてくれるという。

子ども心に（そんなのいない）と思った。

おしろいとセットだなんて、母親がメイクの仕上げに使う化粧パフと同じだ。

化粧パフから白兎《しろうさぎ》か白猫を連想して、どこかの誰かが空想したに違いない。

どうせあやかしなら、赤いクレヨンそっくりの方が可愛《かわい》い、と星見は思っていた。


小学三年生の初夏、両親に連れられて鞍馬山のウエサク祭に行った。

漢字で「五月満月祭」と書いて、ウエサク祭と読む。

満月に清水を捧げる仏教の行事だが、遥《はる》か西方のヒマラヤ山脈でも行われていると現代になって分かったらしい。

長い時間をかけて祭りが東へ伝わり、水と夜空の清い鞍馬で受け継がれている。

だからとても尊いお祭りなのだ、と両親から聞かされたものの、星見は乗り気ではなかった。みんなで一つずつ灯明をともすらしいが、夜の山なんて見ても楽しくないはずだ、と。

賀茂川と高野川が合流する出町柳で京阪電車を降りて、叡山《えいざん》電鉄鞍馬線に乗り換えたあたりから星見の認識は変わってきた。

山の稜線《りょうせん》が、青いような金色のような、神秘的な色で縁どられていたのだ。

家々の屋根も、同じ色に染まっていた。

あれは満月の光やで、と父親に言われて、星見は驚いた。

千代ちゃんは住宅街生まれだからね、と母親が残念そうに言った。

もっと早く連れてきてあげれば良かったかな、と悲しそうにしている母親の肩を、父親が励ますようになでていた。共働きで多忙な両親は、時間のやりくりに関して悩みがあったらしかった。

夜の山奥とは思えないほど多くの乗客たちとともに、鞍馬駅に降り立った。

山並みはもはや月光に濡《ぬ》れているかのようであった。

灯明の光などささやかなものだと星見は高をくくっていたが、数がそれを裏切った。

人々の掲げる灯明の光で、堂宇の赤い柱や白い壁がくっきりと目に焼き付いたのだ。

灯明の群れの上空には、満月が輝いていた。

藍色の夜空の縁を飾るのは、木々の生い茂る山並みだ。

ああ、空へ持っていかれてしまう、と思った時、目の前を白くふわふわした毛玉が通り過ぎた。本で見た、ケサランパサランそっくりの毛玉が。

一つだけではない。

五つ、六つ、と数えていたが、あっという間に数が増えた。
灯明の熱に助けられたかのように、白いふわふわは月を目指して昇っていく。
かと思えば、風に乗って横に流れる。
柔らかな乱舞に見とれている間、私にしか見えないんだ、と星見は直感した。
両親も含めて周りの人々は、光を放つ天体一つに注目している。
浮遊感に酔いながら、この瞬間を忘れない、と誓った。
背が伸びて大人の女性になっても、子どもであったこの時間を忘れない、と。

*

あえておかしな日本語で表現すれば、大丈夫すぎる。
この青年はソツがなさすぎて、却《かえ》って不安だ。
糸野葉子は、我が家の玄関先に立っている愛娘《まなむすめ》と家庭教師を見比べた。
堀川晴明、研究休暇中の大学教員で、専門は日本の信仰。
今日はうぐいす色の着物をまとい、辛子《からし》色の角帯を締めている。
隣に立つ桃花は頬を染めて眉に生気をみなぎらせ、可愛らしくも勇ましい。

「念のため聞くけど、その個展では作品を買わなくても問題ないんやね？」

我ながら世知辛い質問だが、聞かねばなるまい。

「大丈夫だよ、お母さん。先月話したでしょ、園子ちゃんと行ったの」

今にも歌いだしそうな元気さで、桃花が言った。琵琶湖のほとりでのびのび育ちました、という顔だ。

だが、元気さと明朗さだけで世間は渡れない、と四十一歳の葉子は知っている。

「それは高校生二人で行ったからやろ。うちや晴明さんみたいな大人がおったら、絵を買いませんか、って話にならへん？」

憎まれ役やわぁ、と内心自嘲する。

世間がええ人だけで構成されてたら子育てはもっと楽やろなぁ、とも思う。

「奥さん」

冷静な口調で晴明が言う。

「私一人で行った時に店主と二人きりになったが、そういう勧誘はされなかった。購入したければ相談に応じる、という話だった」

「そか。良心的な雰囲気やな」

ぶっきらぼうで陰鬱な雰囲気を持つ青年だが、よく気を配ってくれるとは思う。

「ごめんやで桃花。うちが学生の頃、高い絵を強引に買わせる商売が流行《はや》ってたんや」

「そうだったんだ。今も似たようなこと、あるよね。業態が違うだけで」

桃花が深刻げに言った。

業態とはまた、難しい言葉を使うようになったものだ。

「せやで。いつの世の中でも悪い人には気ぃつけなあかんの」

――そやから、晴明さんに教わるのを承諾したんや。晴明さんがワクチンになってくれるかもしれへん、て。

昨年の春、桃花が晴明に勉強を教わりたいと言った時を思い出す。葉子と良介《りようすけ》は、しばし夫婦間での討議を重ねたのちに賛成した。

京都で一軒家を借りられるならば、保証人も肩書もあるだろう。

話をした様子では、人品卑しからぬ雰囲気の青年である。

素直で呑気《のんき》に育った我が子をいきなり有象無象の大人たちの群れに曝露《ばくろ》させるよりは、高校生のうちに親以外のまともそうな大人と関わらせる方が良い。

ただし、万一の間違いがないようにたびたび葉子が差し入れなどの用事で晴明宅に顔を出す、と。

――期待以上に成長したなぁ、うちの子。こないだなんか狐の花嫁の代役も務めて。本人も頑張ったけど、晴明さんのおかげやわ。

それはそれで心配なのだ。有能すぎる家庭教師が。

「分かった。行っておいで。うちは良介さんと家でまったりのんびりするし」

晴明が少しだけ頭を下げた。礼を言うかのように。

「奥さん。今お話ししたように、画家の先生は京都市立芸大の卒業生なのだが……聞いておいた方が良いことはあるだろうか」

「うちも芸大行った知り合いおらんし、見当もつかへんわぁ。桃花がしっかり作品を見て、質問があれば聞くしかないと思う」

「お母さん。わたし、かんざし挿してくる」

桃花は廊下に上がったかと思うと、軽い足音を立てて二階へ行ってしまった。

昨年の末に晴明がくれた、朱漆《しゅうるし》に結び桜紋のかんざしのことだろう。

「ええっ、先生を玄関に待たせてまで？　何の儀式やねん」

丁寧に突っこんでから、さほど不満そうでもない晴明と顔を見合わせる。

「何や申し訳ないなぁ。我が子ながら優先順位が謎や。謎基準やわ」

くしゃみのような音が響いて、葉子は自分の耳と目を疑った。

晴明が口元を手で押さえ、瞑目《めいもく》している。どうやら、笑いで噴き出した、らしい。

「……失礼」

懐から出したハンカチで、晴明はあらためて口元を押さえている。

どのあたりが笑いのツボだったのか、よく分からない。

「あのな、晴明さん。大きな声では言われへんけど」

「何だろうか」

ハンカチを元通りにしまって、晴明が葉子を見返す。

「……うちの子に惚《ほ》れてはんねやったら、一緒に良介さん説得したげるわ。そやから、大学受験が無事に終わるまではそっとしといたって」

晴明の表情は「惚れてはんねやったら」の時点で虚無と化していた。

「そういう笑いではない。桃花も『謎基準』という言葉を使っていたからだ」

ぐったりした様子で晴明が答える。

「ま、親子やさかいな。ところどころは似るみたいやわ」

しれっと言いつつ、葉子は（頼むで）と思っていた。

下世話で腹黒な親だと思われてもいい。

もうしばらくは、晴明も一緒に桃花の防波堤となってほしいのだ。

植物が自身の成分で虫から身を護《まも》るように、桃花が自衛の力をつけるまで。

＊

地下鉄で烏丸御池へ向かう間、桃花と晴明は星見千代の展示作品でどれが好きかを話し合った。もっとも晴明に言わせれば、好き嫌いだけを問題にしていてはいけないらしい。

桃花が一番良いと思ったのは、やはりワンピースを着てぺたりと座った女の子だ。ポスターに選ばれるだけあって、代表作めいた分かりやすさがあると思う。

「見ていたら『この子は幸せになる』って確信が湧いたんですよね。絵の才能とか、画材の良さとかいろいろ要素はあると思うけど、秘密を知りたいです」

「絵を通して、見る者の無意識に働きかける力があるのだろうな」

「それって陰陽術ですか？」

「陰陽術ではないな。だが才能の発露ではある」

晴明が特に気に入ったのは、満月の夜に飛ぶ綿毛の絵だという。

夜空を染めるほどの満月の光に照らされて、山の稜線が光っている。

着物姿の幼い少女が手を伸ばすのは、虚空に舞うタンポポの綿毛だ。

綿毛は一つ一つばらばらに飛ぶものもあり、毛玉状に固まって飛ぶものもある。

絵のタイトルは『五月満月祭』。

五月の満月の夜、鞍馬山で行われる水と満月の祭りだという。

「五月満月祭と書いて、現代では『うえさくさい』と呼ぶ」

「漢字ってたまに特別な読み方をしますよね。四月一日に着物の綿を抜くから、『四月一日さん』って苗字《みょうじ》を『わたぬきさん』と読んだりして」

最近知った知識を披露してみる。

「物知りだが、この場合は関係ない。『うえさくく』はサンスクリット語から来ている。インドの古い言語で仏典にも用いられた」

――あ、世界史にちょろっと出てきた知識だ。

「インドのお祭りなんですか？」

「伝承が途切れていて分からないが、ヒマラヤ山脈にも同じ内容の仏教の祭りが残っていると現代になって判明した。その名前がウェーサク」

「うぇーさく、って言われれば、うん外国語だなって思います」

「鞍馬《くらま》寺《でら》はこれを尊く思い、『五月満月祭』と書いて『うえさくさい』と呼ぶようになった。第二次大戦後のことだ」

「昔のお坊さんって、案外フレキシブルですねー。第二次大戦後って、祖父や祖母が生まれた頃ですよ」

感心していると、地下鉄が烏丸御池駅に到着した。

「強い木霊の気配がする」

地上への階段を上がりながら、晴明は言った。『こだま』と言っても、やまびこの別名ではなさそうだ。

「こだま……。どんなものですか?」

「深い森や古い神木に宿る。木そのものの霊魂が木霊になる場合もあれば、森の空気そのものが大量の木霊を生むこともある」

「境界が、曖昧な感じなんでしょうか。一本一本の樹は実は独立してなくて、森にある他の樹と魂の部分で溶け合ってるような」

「そうだ。さながら互いに反映し合う宝玉といったところか。鞍馬のような深い森では乱舞する白い木霊が見える。特に月の夜は美しい」

烏丸御池の交差点で信号を待ちながら、晴明は「もしや」と言った。

「桃花。星見という画家は、木霊を見たことがあるのかもしれん」

「どうしてですか？」

「あの『五月満月祭』という絵だ。綿毛の塊が、木霊の姿に似ていなくもない」

木霊とは、桃花が思っていたよりも曖昧な形態をしているようだ。

「実際に見た風景をアレンジして、月夜に舞う綿毛にしたかもしれないんですね」

「ああ。月夜にタンポポの綿毛とは面白い、とは思っていたが。この強い気配が例の本屋にいる画家から発せられているとしたら、星見という画家は木霊と何らかの縁を持っているかもしれん」

信号が青になった。

四車線の横断歩道を渡っている内に、空気の匂いが変わってきた。

深緑の青葉に鼻を寄せた時のような匂いだ。それはひどく微細な変化で、自分はこんなに繊細な嗅覚を持っていなかったはずだ、と思う。

歩きながら晴明に伝えると「普通の人間には分からない感覚だ。外から気取《けど》られないよう訓練していこう」と言われた。

――晴明さん『訓練していこう』なんて、いつもより優しい言い方。

意外の念に打たれながらも、ハーフアップの髪に挿した結び桜のかんざしに触れる。

まるでお守りを確認するように。

雑居ビルの一階に、三色スミレの鉢植えが並んでいる。子と古都ブックスだ。

——気配が強くなってる。

匂いがきつくなったというより、主張が強くなった、というべきだろうか。

晴明に言われた通り表に出さないよう気をつけつつ、桃花は木霊の気配をわが身に覚えさせようと集中する。

——わたしは今から、結び桜の子。

ドアを開ける晴明の隣で、心に誓う。

いつかのように結び桜の仮面がなくとも、恐れを顔に出さない。松庭の新しい居場所を見届けるのだ。

*

どうもこの大きな木霊は、星見と知己であったらしい。
子と古都ブックスの鳩時計から、松庭は茶を飲む星見を見守っていた。
《ちよちゃん、ちよちゃん》
木のうろに響くような声で呼びながら、木霊は星見の足元に寝そべっている。時おり波打つさまは、犬の寝返りを思わせる。

——ちよちゃん、とは、あの画家の名よな。子どもの頃そう呼ばれていたか。

先ほど彼女をそう呼んでいた、店主の様子を窺《うかが》う。

店主は星見と同じテーブルで茶を飲んで、世間話に興じている。彼女もまた、転がり回る木霊に気づいていない様子だ。

——だがあの画家、敏感な性質ではあるようだ。私のいる場所を見上げて不審げな顔をした。

幼い子どもたちに近い感受性を持っているのではないか、と松庭は推測した。

星見と店主が茶を飲み終える。

片付けを手伝おうとする星見を遮って、店主が台所へ向かう。

「この初めての個展で、星見さんはもう『先生』だからね。先生らしく座ってて」

「すみません。ご厚意で場所まで提供していただいて」

「なんのなんの、友人の娘さんがめでたく京芸を出て賞も取ったんだから」

「でも、営業のお邪魔になってないか心配で」

「まさか！」

台所から朗らかな笑いが聞こえた。

「星見さんの絵をね、可愛い女子高校生が二人そろって見に来たのよ。芳名帳には名を書いてくれなかったけど、セーラー服だったから洛新高校ね」

「へえ、高校生がわざわざ来てくれたんですか！　って、子ども向けの本買わないじゃないですか、その年齢なら」

「そやけど、同じ日の夕方遅くに和服のイケメンが来たの。芳名帳を見たら、お名前は『堀川晴明』さんですって。あの、平安時代の陰陽師の晴明さんと同じ字で
「へえ、ちょっと珍しいですね」

「堀川さんね、その女子高校生の一方の子から感想を聞いて、星見さんの絵を見に来たんですって」

——晴明公のことだ。

松庭はひと月ほど前のことを思い出す。店主が台所で茶を淹れている間に、晴明は呪符から鳩時計へと自分を宿らせてくれたのだ。

「まさか女子高校生と付き合ってるんですか、その人」

「違う違う、隣に住んでる家庭教師だって。で、知り合いの男の子にあげるとかで、図鑑を買ってくれたわ」

「未成年に好かれてますね……まあ、本を買うお客さんが増えて良かったです」

「星見さんの絵も気に入ったみたいよ。丁寧に見てたけど、特に『五月満月祭』に見入ってた」

「え、ほんとに」

星見の肩が揺れ、顔全体が赤くなる。

まだ見ぬ晴明に恋でもしたかのように。

「嬉しいです。子どもの頃、五月満月祭に連れていってもらった時の思い出を絵にしたんですよ」

「ああ、そうなの。みなさん赤いワンピースの女の子に注目するけど、幽玄で素敵な絵よね」

星見が頬を紅潮させたまま、展示スペースの中央付近にある『五月満月祭』の前に立つ。店主も、その隣に立って絵を見はじめた。

――ん？　木霊が跳ねておる。

ごろ寝する犬のようだった木霊が軽々と宙に跳ね、『五月満月祭』に近づいていく。

そして今度は、絵の真下で踊りだした。

《ちよちゃん。ちよちゃん》

感情のこもらない声だが、「ちよちゃん」つまり星見の関心を引こうとしているのは分かる。

しかし星見は「描いて良かった」とつぶやいただけだ。

——はて、どうしたものか。

木霊を手助けしてやった方が良いのか、それとも、山に帰れと説得した方が良いのか。害はなさそうだが、屋敷神としては手を拱《こまぬ》いているわけにはいかない。

出方を決めかねていると、店のドアが開いた。

「いらっしゃいませ。あら!」

店主の声が弾む。

入ってきたのは、和服姿の晴明だった。私服を着た桃花も連れている。

「会期の最初の頃、来てくださった方ね、お二人とも」

桃花が恥ずかしそうに「お久しぶりです」と応える。

晴明が「覚えていてくださったんですね」と如才なく応える。もっとも、表情の陰鬱さは相変わらずだ。

「この子が実は、京芸出身である星見先生のお話を聞きたいと言っていまして」

星見が「あっ」と声を出し、桃花を見て笑顔になる。

晴明が話を続けた。

「この子のお母様とも相談して、ご迷惑にならない程度に、質問をさせていただけないかと」

「あ、あの」

勢いこんで桃花が言う。

「受験対策や絵の技術は、自分で情報を集めます。でも、あの赤いワンピースの女の子の絵を見たら『この子はきっと幸せになる』って確信してしまったんです。どうしてなのか、星見先生ご自身とお話ししたら秘密が分かるかもと思ったんです」

「あら、あら」

元からにこやかだった店主がさらに笑顔になる。

「頼りにされてるわ、星見さん」

また星見の顔が赤くなり、ちらりと晴明の方を見た。意識しているのだろう。

「ありがとうございます。私は日本の伝承や習俗を絵に取り入れているんですが、赤は、魔除《まよ》けの色なんです」

星見の話を聞いて、桃花が大きくうなずいた。

「言われてみれば神社の鳥居もダルマさんも赤いですよね」

「そう。子どもの産着《うぶぎ》も赤を選んだりしたんです。たとえ現代になっても、そういう願いは変わらない――という意味で、ワンピースを赤にしました。より日本画らしい赤を作るのに腐心した覚えがあります」

「分かります。この女の子のワンピース、単純な真っ赤ではないですもんね」

「願いを感じ取ったわけだ」

晴明がぼそりと言い、桃花が小さくうなずく。今日は髪に朱色のかんざしを挿したのがよく似合う。螺鈿《らでん》で刻まれた文様は、結び桜だろうか。

「私も質問、よろしいでしょうか」

「はい」

晴明が星見に顔を向ける。

やや緊張の面持ちで星見が応える。

「私が一番良いと思ったのは、『五月満月祭』です。読み方は『うえさくさい』で？」

「あ、はい。ご存じなんですね。鞍馬の」

「行ったことがあるので。もしかしたら星見先生ご自身も、鞍馬寺の五月満月祭に行かれたのでしょうか？」

「そうなんです。子どもの頃――小学三年生の頃に。両親が叡山電車で連れて行ってくれました」

「いいですね。感受性の豊かなうちにあの満月と鞍馬の森を見られたとは」

星見が両手で口元を押さえて、晴明を見る。

「うちの母が聞いたら、喜びます」

晴明が、続きを期待するかのように星見を見つめる。

陥ったな、と松庭は思う。

星見は晴明の術中に陥っている。初対面だというのに心の一部を預けてしまったのが分かる。

「叡山電車から外を見たら月光で山際や屋根の色が変わっていて、私驚いたんです。そしたら母が残念そうに言ったんです。住宅地で生まれ育ったから驚いたんだろう、もっと早く連れてきてあげれば良かった……って」

「ほんとに心配性ねえ」

と、店主が苦笑いで合いの手を入れた。

「そうでしたか。遅すぎることなどありませんよ」

――何やら喋らせようとしておるな、晴明公。

松庭はひたすら静観することにする。桃花が一瞬だけ鳩時計を見上げて、意外と上手にウィンクをした。

──晴明公にまかせておけ、というわけかな。

「植物の綿毛、これはタンポポでしょうか」

晴明が尋ねた。絵の中で、少女の足下にタンポポが生えているからだろう。黄色に咲いたタンポポもあれば、綿毛をつけたタンポポもある。

「そう、タンポポです。イメージとしては、夜の鞍馬山のとある場所にタンポポの群生地があって、女の子はそこに立っている」

「ああ、では、ご自身が行かれた際にタンポポはなかったのですか」

まるで、絵そのものだけでなく星見にも興味を持ったかのような尋ね方だ。罪作りな、と松庭は思ったのだが、ひたすら静観を続ける。

「ええ、でもたくさんの綿毛みたいなものは見たんです」

そばで聞いている店主が意外そうな顔をする。初耳なのだろう。

桃花は首を巡らせて、絵の下でふよふよと蠢《うごめ》く木霊に注目している。

表情に出さないのは立派だが、外から見て分かるほど視線を動かしてしまうのは晴明に比べてはるかに未熟と思われた。

「私、この絵を描く前に何度か鞍馬山へ通いました。もしかしたらあの綿毛みたいなものの正体が分かるかもと思って。でも、二度と見ることはできなかったんです」

──なるほど。その時に鞍馬山の木霊を連れてきてしまったか。

木霊は小学三年生だった星見との再会を喜んで、ついてきたのかもしれない。「ちよちゃん」という呼び方は、両親がそう呼んでいるのを見て覚えたのだろう。

「綿毛みたいなものですか……」

晴明が腕組みをした。

「何だったのでしょうね。実は私も、鞍馬の山で見た覚えがあります」

「本当ですかっ？」

大きな声を出した星見が、慌てた風に口元に手を当てる。

「ええ。言われてみれば、植物の綿毛に似ていたかもしれません。白い塊がいくつもふわふわと。年配の知人に話したところ、森の木々の魂である木霊だろう、などと言っていましたが」

何も知らない風な店主が「まあ、そういう言い伝えがあるんですねえ」とうなずいている。年配も何も、安倍晴明公は千年も前のお方でしょうに──と思いつつ、松庭は耳を傾ける。

「木霊ですか……。山でヤッホーと言えば返ってくる声は、音の反響ではなく精霊の類いだ、という伝承なら知っていますけれど」

星見は、自分の描いた『五月満月祭』と晴明を見比べている。

店主が「ギリシア神話でも、山のこだまをエコーという精霊だと言ってるわね」と話を広げてみせた。

「私は、本で見たケサランパサランだと思ったんです。白いパフみたいなお化け」

「まあ懐かしい。おしろいをあげると幸せを運んでくれるのよね。若い頃、いたらいいなぁと思ったわ」

店主が「ほほほ」と笑う。松庭にはよく分からないが、何十年か前に生まれた民間伝承だろうか。

年若い桃花はまったく知らないようで、首をかしげている。

「星見先生がお描きになった通り植物の綿毛かもしれないし、お化けと呼ばれるものかもしれませんね」

店主と星見が、同時にきょとんとする。

桃花は空とぼけたような顔で、壁に飾られた作品群に目をやっていた。

「堀川さん、でしたよね」

星見が怪訝《けげん》な様子で問いかける。

「『お化けと呼ばれるもの』は、存在すると思われますか？」

晴明の目元に愉快そうな表情が浮かび、星見はつられて笑顔になる。普通の人間を装っている時の晴明は、結構な人たらしであるようだ。

「存在するか存在しないか、確かめようがないものに関しては追及しないことにしています。時間の無駄ですので」

お化けの話をするかと思えば、実用に即した物の見方もする。

不思議と聞き入ってしまうのは、話法のせいか、整った顔立ちのせいか。

「差し出がましいとは思うのですが……どうでしょう？　今度は、星見先生が見たままの五月満月祭を描かれては」

晴明が提案した。星見が「見たままですか」と夢見るような声で言う。この若い画家は、いつの間にか術中に陥っている。

「正体は何でもいい。ただ、見たままを描く……そういう表現は、芸術の世界では邪道でしょうか？」

穏やかに問いかける晴明は、まるで気に入った芸術家に「あなたの作品をもっと見たい」とかき口説いているかのようだ。

「描いてみます。いつか、いいえ、この個展の撤収が終わったら、すぐにでも」

ちよちゃん、と呼びながら、木霊が跳ねた。

絵の中で飛ぶ綿毛の塊と、木霊の姿が重なる。

「あ、今、すごくリアルに思い出しました」

唐突に星見が言った。

「話題に出てきたからだと思うんですけど。ずっと昔のことなのに、思い浮かびました。あの日のふわふわが」

晴明が微笑《ほほえ》む。桃花が満面の笑みで、星見と跳ねる木霊と『五月満月祭』とを見比べた。やはりまだまだ仮面が危うく、未熟だ。

――だが、桃花どのの熱心な語りから、画家の心がほどけたようにも見える。

年を重ねてどう成長するのか、この店にいれば多少は観察できるだろうか、と思う。

「あなた、お名前は？」

星見が桃花に話しかけた。

「申し遅れました、糸野桃花です。洛新高校二年生です」

「桃花さん。二度も見に来てくれて、ありがとう」

へへ、と照れるような笑いを桃花は漏らした。

「最初に来た時に芳名帳に名前を書けば良かったです。わたしも友だちも、見てて夢中になっちゃって。友だちが誘ってくれたんです。美人画を描くなら、育つ前の子どもの絵を見なくっちゃ、って」

良い友人なのだな、と松庭は微笑ましい気持ちになる。雲ケ畑の屋敷で子らの成長を見守ってきたゆえの、心の癖であろうか。

「桃花さんは、どんな絵を描きたい？」

尋ねられて、桃花は驚いた顔になる。

「わたしは、ですね」

大きく桃花の首が傾く。真剣に考えているようだ。結び桜のかんざしが少しずれてしまったが、気づいていないらしい。

「星見先生みたいに、まだ若いお姉さんみたいな方が個展をなさってるのを見て、自分なんか、まだまだ……って思いそうになるんですけど」

桃花の姿勢が元通りになる。意を決して、という顔になった。

「それでも、忘れたくない風景や気持ちがたくさんあります。星見先生が五月満月祭を絵に描かれたように、わたしも描きたい、です」

「そう。そうね。私も、忘れたくない、とどめたい時間があります」

妖艶な笑みを、星見は浮かべた。晴明に対してどぎまぎしていた時よりも、女を感じさせる顔だと松庭は思った。

「日本画の画材と技術なら、桃花さんの願いは叶うと思います。ぜひ、京芸に来てね」

「はいっ……」

両手を胸のあたりでぐっと握り、感極まった様子で桃花は返事をした。気持ちが表に出やすい娘である。

晴明が真剣な表情で星見に話しかける。

「星見先生。新たな五月満月祭の絵ができあがったら、サイトなどで告知していただけますか。ぜひ見てみたい」

「は、はい。お待たせすると思いますが」

「お待ちしましょう。私の生徒の先輩にあたる方の作品ですから」

こともなげに晴明は言い、桃花は口をきゅっと一文字にした。合格するぞ、と言っているかのようだ。

「ああ、この間の図鑑ですが」

晴明が店主に話しかけた。

「そうそう、この前お買い上げいただいた。いかがでした？」

「受け取った子が、たいそう気に入りまして。同じシリーズをもう一冊買っていこうかと」

「まあ、それはそれは。ありがとうございます。こちらですね」

店主に導かれて本棚へ移動する時、晴明は軽く着物の袖を振った。袖口からちらりと見えた紙片に、木霊はふらり、ふらりと寄っていく。

一度だけ跳ねて、木霊は晴明の袖の中に消えた。呪符に封じられたのだろう。

――屋敷神だというのに、何もできなんだな。

忸怩《じくじ》たる思いだが、木霊が鞍馬の山に帰れるならば万々歳だ。それに、先ほどほんの刹那の間、木霊の姿は星見の目に映ったようだ。

――晴明公や桃花どのとの対話が、あの画家の感じる力を強めたか。

そう考えればなおのこと、この二人にまた会いたいと思う。

双葉へ、というメッセージカードを添えた図鑑を購入して、晴明と桃花は店の出口へ向かう。

――名残惜しいことよ。

松庭がじっと見送っていると、二人が振り向いた。

「いい鳩時計ですね」

晴明が褒めると、店主が「でしょう」と言った。

「つい見てしまいますね。人間が住んでるみたいな雰囲気があって」

星見がそう言った時、桃花が松庭を見上げて可愛らしく笑った。

ドアが閉まる直前、晴明は桃花のかんざしの位置を直そうとしてか手を触れかけたが、なぜか手を止めて「かんざしが抜けるぞ」と言った。

第三十話・了

第三十一話 牛頭天王と子狐の涙

鞍馬寺の門前には、まだ桜が残っていた。手まりのような形をした八重桜が、山肌の青葉の中にぽこぽこと浮かんで見える。先ほどまでいた烏丸御池よりも風が冷涼だ。

桃花は晴明と並んで山門への階段を上りながら、耳を澄ませた。

四月半ばとはいえまだまだ多い観光客の会話の向こうに、木々の揺れる音を感じ取った。全身の感覚が冴《さ》えている。

「木霊がなかなか目覚めない」

さほど深刻ではなさそうな調子で、晴明が言った。着物の胸元には今、子と古都ブックスで呪符に封じたばかりの木霊がいるのだった。

「鞍馬寺の気をまとった木霊なんですよね？」

桃花は、子と古都ブックスを出た後で晴明から聞いた説明を繰り返した。

「それなら、境内にいるうちに出てきてくれますよ。奥へ観光客が減ったら安心するかも」

「一口に境内とは言うが」

晴明は巨大な山門を通り過ぎ、さらに歩を進める。木々や苔《こけ》の緑に囲まれているせいか、白い肌が青みを帯びていた。

「鞍馬寺は広いぞ。歩いている内に山の向こう側に出て貴船《きふね》神社に出るほどだ」

「さすが、源義経《みなもとのよしつね》が少年時代に天狗《てんぐ》と修行した土地ですね。修行場は広くないと」

「桃花は義経でも天狗でもない。境内の奥へ行くのは無理だ」

奥には木の根道という文字通り木の根が露出した難路があり、それなりの健脚が必要だと晴明に教えられる。そう言われると桃花も自信がない。

「じゃあ久しぶりに、フクロウに変化させてもらえませんか？」

小さな声で頼んでみる。

晴明が頭に触れれば、桃花はフクロウに変化することができる。その状態で呪符を運んだり河童《かっぱ》の川下りの監視をしたりと、活躍しているつもりである。

人目のないところでな――と言われるかと思ったが、晴明は「駄目だ」とにべもなく言った。

分かりました、と即答したものの、なぜだろう、とも思う。

「桃花は正式に私の弟子になった。結び桜の紋も与えた」

「はい。なおさら、境内の奥までついていかなきゃ。フクロウになってでも」

魔王の滝と名付けられた細い滝の周りで、観光客が写真を撮っている。晴明は興味を示さずにそのまま先へと歩く。

「桃花を弟子にした上さらにフクロウに変化させては、干渉の度合いが強すぎる」

それは良くないことなのだろうか。

「弟子にするつもりがなかったからフクロウに変化させて、思っていたよりわたしに力があったから、弟子にしたんですよね」

「そうだな。悪いあやかしに狙われやすくなる」

「早く強くなりたいです。晴明さんに手間をかけさせないように」

「ならば、負担をかけすぎてはいけない。豆本を渡した時、変化はゆっくり起きると言ったな？」

「はい」

狐の花嫁の代役をした後、豆本の題簽《だいせん》には「さきがけ帖《ちょう》」の文字が現れた。しかし中身は真っ白のままである。まさに「変化はゆっくり」だ。

「受験もあるから、ゆっくり、ですね」

「その通り」

——じゃあ、ゆっくりがんばりますから、その間ずっとお隣さんでいてくれますよね？

と言いたくなったが、やめた。

桃花のその望みはすでに伝えたのだから、しつこくしても仕方がない。

「起きたようだ」

着物の胸元に軽く手を当てて、晴明が言った。

取り出されたのは「封」の一字を記した呪符であった。晴明が人差し指で横一文字になぞると、その部分だけが裂けて口のように動いた。

何かが聞こえて、桃花は晴明の持つ呪符に意識を集中させる。

「ちよちゃん。おおきくなって、またきた」

桃花は晴明と顔を見合わせた。

「『ちよちゃん』って、星見先生のことですよね。子と古都ブックスでも呼んでた」

「本人には聞こえなかったようだが、木霊の姿が絵の中に思い浮かんだ、とは言っていたな。あの画家は感覚の鋭い性質らしい」

「鞍馬山の木霊。どこに根を張っている」

晴明の問いに、呪符が震えながら答える。

「まおうそん」

「本尊か。かなり奥だな」

――あ、連れて行ってもらえない雰囲気だ。残念。

明るい内に一人で帰りなさいと言われそうだ。

「今からお前を魔王尊《まおうそん》へ連れていく。『ちよちゃん』がおまえの絵を描いたら知らせる」

「ひとりで、かえれる」

呪符が震えながら返事をする。

「ちよちゃん、まだいきるか」

今までよりも強い声だ。

「まだ若い。まだ生きる」

無言で呪符が震えた。

「ちよちゃん、おおきくなっていて、かおがちがっていて、おどろいた」

「様子が違っていて心配になったか。大丈夫だ。人間は姿形がよく変わる」

「顔が違っているって、どういう意味でしょう?」

まるで別人になったかのような言い方が引っかかって、桃花は口を挟んだ。

「化粧のことだろう。眉墨と口紅と、何か細やかにつけていた」

星見の化粧は派手ではなかったが、子ども時代の顔を知っていた木霊には異様に思えたのだろう、と晴明は付け加えた。

「眉墨はアイブロウって言うんですよ、今は」

指南役として一応教示しておく。

「鞍馬寺魔王尊の木霊よ。『ちよちゃん』がお前を描いたら、使いをやる。人里の気を祓《はら》って、よく休め」

晴明は呪符に口を寄せると、何事かをつぶやいた。

大きな手の中で呪符がくしゃくしゃと縮んでいく。晴明が手を木々に向かって差し出すと、白くふわふわとした木霊が漂い出た。

木漏れ日の揺れる山肌に沿って、鞍馬山の奥へ奥へと昇っていく。

「行ったな」

小さく縮んだ呪符を袖の奥にしまって、晴明は表情を緩めた。

「晴明さんでも『ちよちゃん』なんて可愛い呼び方するんですね」

「木霊に合わせただけだ。『星見さん』だの『画家の先生』だのと言い換えると通じない場合がある」

「なるほどー。ところでわたしは『桃花ちゃん』ですけど、どうですか」

「どうもしない」

きびすを返して、晴明は元来た道を歩き出した。

「あっ、駄目ですか。いつもの呼び方に『ちゃん』をつけるだけですよ」

「桃花。そういう態度を現代では『うざい』というらしいぞ」

冷たい視線を寄越されて、桃花は「うっ」と詰まる。

「合ってます、合ってますその用法で。でもなんだか心が痛い」

「だったらふざけるのはよしなさい」

容赦なく切り捨てた晴明は、山門を出たあたりで和菓子屋を指さした。

「ご両親に買っていこう。日持ちするよう、羊羹《ようかん》でいいか？」

「あ、ありがとうございます」

「烏丸御池へ行った割に帰りが遅い、と勘ぐられそうだからな。正直に鞍馬寺へ行っていたと言うのがいい」

「そっか、鞍馬寺の五月満月祭を描いた絵を見たから、ちょっと寄った、って言えばいいですもんね」

納得しつつも、少々両親に対して後ろめたい。現世の外に関わっているのは、今に始まったことではないのだけれど。

「ご両親を、安心させたいな」

晴明の言葉は案外と世慣れぬ青年じみていて、桃花は戸惑った。

「やっぱり晴明さん、うちの両親のこと気に入ってますよね」

「大事な雇い主だからな。帰ったら星見先生とのお話を報告しておくように」

「そうでした。赤い服の秘密とか、日本画の絵の具だからあの色が出せるとか、プロの先生でも理想の色を出すのに腐心したとか、『京芸に来てね』って言ってくれたとか」

頭を抱えて桃花は「うああ」とため息まじりに言った。

「何だ急に」

「わたし、プロの画家さんとお話をしてしまいました……今頃ときめきが押し寄せてきました。ときめきの時間差攻撃です」

「何と戦っているんだ一体」

呆《あき》れ声で言った晴明は、和菓子屋で桃花の両親のための羊羹と、自宅用に山椒《さんしょう》の実を買った。料理の材料にするのだろうか。

「鞍馬駅って、天狗推しなんですね」

駅前に鎮座するのは、真っ赤な長い鼻を持つ天狗の頭部だ。鼻は大人の身長より長い。直径は子どもの胴体くらいだろうか。

今年一月に大雪が降った時には雪の重みで鼻が根元から折れてしまいニュースにな

ったが、今は修理されている。

「鞍馬ならば、鳥型の頭部を持つ烏天狗《からすてんぐ》の方が適当だが」

大真面目な顔で晴明が注釈を入れる。

「でも、長い鼻の方が映えますよ。ほら、可愛い小鳥が止まった」

天狗の鼻先に、灰色がかった丸っこい小鳥が一羽舞《ま》い降りていた。頭のてっぺんだけが黄色い。

通りかかった観光客が「何、この鳥？」「逃げないね」と口々に言いながら写真を撮っている。桃花もスマートフォンを取り出した。

「キクイタダキだ」

「え、晴明さん、名前知ってるんですか？　変わった名前ですね」

「菊の花を戴《いただ》いたように頭部が黄色い。名前はそこから来ている」

「なるほどー」

天狗の鼻先に観光客が集まってしまったので、桃花は撮影をためらった。知らない人を撮ったりネットに上げたりしたら後でトラブルになる場合もある、と学校で聞いたからだ。

「普通のキクイタダキではないな。黄色い部分が大きい。それに今の時期はもっと高い山にいるはずだ」

「え、じゃあ、あやかしか何か……」

「牛頭天王の使いだ」

「牛頭天王って、晴明さんが契約した神様ですよね？」

円山公園で晴明が唱えた名である。

あの時晴明は牛頭天王に自分と桃花の名前を告げ、さきがけの祭りをすると宣言した。

「何か連絡でしょうか？」

「いや。挨拶程度のつもりだろう」

「めちゃめちゃ囲まれてますけど。アイドルみたい」

天狗の鼻先に止まった小鳥に面白みを感じたのか、観光客が七、八人取り囲んで色々な角度から写真を撮っている。

ツピィと高く鳴いて、キクイタダキが舞い上がる。

がっかりした観光客が「ああ、行っちゃった」「撮れてる？」と言い交わしながら駅舎に向かう。

と、頭上を舞っていたはずのキクイタダキが、桃花の目の前に現れた。

「ひゃ」

思わず手を差し出した。

手に止まったキクイタダキは、恐ろしく軽かった。カフェに置いてある細いスティックシュガー一本分か二本分だ。

──か、可愛い。

この小さな鳥を御使いにした牛頭天王にシンパシーが湧いてしまう。

「晴明公。七福の子が生まれるぞ。予定では今夜だろう」

──人間みたいに喋った⁉

先ほどの鳴き声とはまったく違う、人間そのものの声でキクイタダキが言った。

ほんの一週間前に曲水の宴を利用して宿らせた魂が、早くも生まれようとしているのだった。

「予定より早いな。七福に変化があれば、式神に連絡させる手はずだったが」

「双葉のことか。鷹に変化していたが、途中で追い越してきた」

勝ち誇るように、ツピィツピィとキクイタダキは鳴いた。

「契約を交わした神として、牛頭天王は見ている。晴明公を。晴明公の宿らせた命を」

「分かった。すぐ七福を見に行く」

晴明の返答を聞くと、キクイタダキは疾風のように桃花の手から舞い上がった。

ジジッという低い鳴き声は、挨拶だろうか。

「桃花。終点の出町柳まで送るから、後は一人で帰りなさい」

出町柳ならば市街地で、家からも近いので未成年一人でも安全である。

だが、お産となると心配になってしまう。

「わたしも行きましょうか？」

「私一人で大丈夫だ。七福もあまり大勢が見に来ても困るだろう」

「あっ、そうですよね。人間なら入院するようなことだし……」

「桃花が気にかけていたと、七福に伝えておく」

「お願いします」

心配だからと言って、複数で訪ねるのは良くなさそうだ。

沿線の青紅葉《あおもみじ》や寺院の特別観覧など、地元関連の広告が多い――と思いながら叡山電鉄の車両に乗りこむ。

発車する時、窓の外を横切るキクイタダキが見えた。

*

羊羹を持って帰宅すると、葉子がことのほか嬉しそうに出迎えてくれた。

「鞍馬の駅前のあのお店、評判ええんやで。日持ちするもん選んでくれはったん？　しかも切らんでええように個包装で。いやあ、晴明さんてほんま、ソツがないわぁ」

いそいそと受け取って、

「良介さん、晴明さんが鞍馬山の羊羹お土産に持たせてくれはった」

と、居間に向かって声をかけた。

父親の良介が「ふわーい」と間の抜けた声で応えた。本人が言うところの「休日ぐだぐだモード」である。

「晴明さんはおうちにいはるの？」

台所に入りながら葉子が言い、桃花は一緒についていく。

「ううん、用事があるんだって。『明るいうちに帰りなさい』って、出町柳まで送ってくれた」

「あら、彼女やろか」

——うん、子どもが生まれるんだって。……知り合いの。

言ってみたくなった冗談を飲みこんで、桃花は「さあ」と言った。予想通りに葉子が湯を沸かしはじめたので、桃花は銘々皿をテーブルに並べる。

一応居間にいる良介に「お父さん、羊羹食べる？」と声をかけると、ソファに寝そべったまま「へい」と返事が返ってきた。まさにぐだぐだである。

「お母さん。『ソツがない』ってどういうこと？」

「手抜かりや不注意、不充分な点がない、って意味やで。高校二年生ならそれくらい知ってるやろ」

「知ってるけど、晴明さんって大人から見るとそんな風なんだ？」

「あら、桃花から見るとどんな感じなん？」

「大人なんだけど、今のお父さんみたいにぐだぐだな時があるよ。骨董《こっとう》屋さんで鑑定のアルバイトをしている時に様子を見に行ったら、炬燵でぐったりしてたもん。天板にぐたっとなって」

びっくりするでしょ、というつもりで桃花は言ったのだが、葉子は「へえ」と動じない。

「そういうとこはあるなぁ。ソツはないけど、ちょくちょく力を抜いてはるのかもしれへんね。弱みを晒《さら》さへん程度に」

「大人って大変だね」

「子どもも大変やろ。さ、星見先生とどんなお話したか、教えてや」

葉子は羊羹を銘々皿に載せ、桃花に「お茶、居間に持ってって」と指示をした。

＊

居間で家族そろってテレビを見ながら羊羹を食べ終えると、桃花は二階へ上がった。両親は星見からの励ましの言葉をことのほか喜んでくれたので、桃花も嬉しかった。

今日一日の疲れが体にのしかかってきて、少し眠ろうか、と思う。

──藤尾狐、いや、お富士ちゃん。無事に生まれたかな。

七福のお産を案じながら自分の部屋に入ると、ベッドの上で三毛猫のミオが丸まっていた。完全に眠ってはいないようで、桃花を見上げて、ぱちぱちと瞬きをする。

「ミオ、ここにいたの」

話しかけると、ミオはまた目をつぶった。

脇にそっと動かして、隣に体を横たえた。

——うう、美術部には街歩きと山歩きのハシゴはつらいよ。

早くも筋肉痛の予感がする。

この程度の体力で芸大受験と陰陽師の弟子という二足のわらじを履くのかと思うと少し怖い。

身をよじった時に掛け布団が柔らかく手の甲に触れて、桃花はフクロウとなって飛んだ時の爽快さを思い出した。

眼下に広がる夜の琵琶湖、保津《ほづ》川の激流を下る河童の船、岸を駆ける狸。初めてフクロウに変化した時は、西の左大文字から東の大文字へと春風に運ばれた。

——もう、体験できないんだ。

駄目と言われて物分かり良く「分かりました」と即答したものの、今になってだんだんと、何かが大きく欠けてしまった感覚に襲われはじめた。

自分の人生から、晴明の手でフクロウに変えられて飛ぶ時間は失われてしまった。まだ十六歳でも喪失はやってくる。

逢坂《おうさか》の関で、フクロウに変化した桃花の頭を晴明がなでてくれた。任務ご苦労、という意味だったのだろう。それを思い出すと、さらに哀《かな》しみが増す。

目尻から涙がこぼれた。

指で拭くと熱かった。

誰も悪くないのになぜ泣いてしまうのだろう。

――哀しい。また飛びたい。

普通はまず味わうことのない、誰にも分かってもらえない悲痛さだ。

自分から何かの機会が失われる痛みを、こういう形で知るとは思わなかった。

ゴロゴロ、と喉の鳴る音が間近で聞こえる。

ミオが桃花の脇腹に背中をくっつけて、気持ちよさそうに目を閉じていた。

――ミオは可愛いね。ミオもお父さんもお母さんも晴明さんもいるのに、泣くのはおかしいね。

起こさないように、心の中で飼い猫に語りかける。誰一人欠けてはいないのだから、決して泣くまい、と思う。

ミオをそっとなでているうちに、涙はすっかり乾いていた。

＊

空腹を感じながら薄闇に横たわっている。

どこか遠くから、米の炊ける匂いが漂ってくる。

「桃花。邪魔していいか」

晴明の声が響くこの感じは、きっと夢の中だ。

「ご飯を炊いてくれたんですか？　晴明さん」

「私は知らん。お母上が炊いているのだろう」

「晩ご飯を支度する時間まで寝ちゃったみたいですね」

薄闇に浮かぶドアを開くと、やはり晴明が「たびたびすまん」と言いながら入ってきた。白い直衣に紫の袴。陰陽師の格好だ。

「七福と喜知次の住処へ行ってきた」

「どうでした、お産？」

「お富士は無事に産まれた。七福も元気だ」

「良かったですねえ……。喜知次さん、心配してましたもんね」

お産にあたって七福は無事でいられるのかと晴明に聞いた時の喜知次は、顔が野狐に戻りかけるほど必死だった。父親の良介も、自分が産まれる時は妻と子を深く案じたのだろうか。

「お富士の顔を見るか？」

「はいっ」

薄闇に浮かびあがったのは、おくるみに包まれた子狐だった。厚い三角の耳をつまんでみたくなる。目はまだ開いていないのか、しっかりと閉じている。

「まだ人間に化ける力がない。まるきり野狐の子だな」

「お富士ちゃんですね。抱っこできました？」

「産まれたばかりの子は親に預けておきたい。よほどのことがなければべたべたと触らぬものだ」

「そういうものですか……」

自分が野狐の赤子を抱いてみたいものだから、桃花は少ししょんぼりする。

「でも、今度はご両親がいて仲間がいて、幸せに暮らせたらいいですよね。悪いことに手を出すなんて、思いつかないくらい」

「うむ。京の結界を守る意味でも望ましい。妖狐として封じ続けるより、見所のある無害な野狐のもとに転生させる方が安心できる」

「何か企業経営者っぽいですね」

「よく知らないが、とにかく桃花が身代わりになったおかげで丸く収まった」

「いえいえ。茜さんのことも褒めてくださいね」

「茜は、私に褒められて喜ぶような人ではない」

「そ、そういうものですか……？」

「想像できなくてよろしい」

素っ気なく晴明が言い、米の炊ける匂いが強くなる。

「桃花、ご飯だよー」

階下から父親の呼ぶ声で目を覚ますと、胸の上でミオが香箱を組んで座っていた。

＊

それからのおよそ二週間、桃花は目の回るような忙しさの中にあった。

美術部に後輩たちが入ってきたのは嬉しいが、画材に不慣れな部員やそれまで美術に関心のなかった部員もいるので、指導のためにいくらか時間を取られてしまう。

京都市立芸術大学の二次試験はすべて実技なので、その対策としてどの画塾に入るか検討もせねばならない。

四月の下旬には実力テストが行われ、定期テストと同じように優秀者の点数が貼り出されるという。

授業の際に晴明が「お富士がもう歩くようになったぞ。見に来るか」と誘ってくれたが、「しばらく無理です」と断ってしまった。

頭の中で学校の勉強と部活と受験情報が渋滞を起こし、とてもそれどころではなかったのだ。

渋滞が解消されたのは、実力試験が行われた翌日の四月二十九日。土曜日になってからであった。

「桃花。よく頑張ったな」

縁側で茫然《ぼうぜん》としている桃花に、晴明が白猫の瑠璃を差し出した。

「何もしてやれないが、せめて瑠璃をなでていなさい」

おちょくられているのかと思ったが、晴明は真顔であった。

「三月から四月の末まで、進路決定も含めて色々なことが立て続けに起こった。疲れても無理はない」

「色々なこと……」

膝に載ってくれた瑠璃をなでながら、この二ヶ月を思い返す。

狐の花嫁の身代わり。藤尾狐との対峙《たいじ》。

疫神を退治する、物言わぬ付喪神との遭遇。

青龍や野狐の末政夫婦との出会い。

屋敷神の松庭や、木霊。

画家の星見やその作品も、今思えばかなり迫力のある存在だったと思う。

そして、晴明の手でフクロウに変化することはもうないと知った。

諦めはついているが、哀しいものはやはり哀しい。

「晴明様、鳥が」

庭を守る式神夫婦の一人、縦石が呼んだ。

「キクイタダキが、門の前の郵便受けに止まっておりまする」

妻の横石が言った。

「入らせろ。牛頭天王の使いだ」

ははっ、と夫妻が答えた直後、ヒイラギの生垣を越えて一羽のキクイタダキが飛んできた。

「庭にも式神がおるのか。空から容易に入れなくなっておる」

牛頭天王の御使いは縁側に降り立って、桃花と晴明を見上げた。頭頂の黄色い冠毛が、やはり菊花に似ている。

「晴明公。牛頭天王が怒っておられる」

「誰に」

「お富士に」

「あれはまだ生まれ変わって二週間だ。何が起きている」

桃花を後ろに下がらせて、晴明がキクイタダキを見下ろした。

「昨夜遅く、お富士は一匹で道に出て、東山界隈《かいわい》の空き地を掘っておった」

「何のために」

「知らぬ。だが、お富士が京に害を加えるためにそうしておるならば、さきがけの祭りを始めた安倍晴明と結び桜の子が責任を負え、と仰せだ」

晴明が桃花を振り返る。

いつもと同じ陰鬱な表情で、桃花は却って安心した。二人そろって神様から責任を追及されるなんて、嘘みたいな状況だと思いながら。

＊

井戸を通って再び訪れた清水寺の奥は、青葉の色が濃くなっていた。

落ちた藪椿《やぶつばき》は地面に暗い色を広げ、茂った葉の落とす影も大きくなって、初夏が近いというのにおどろおどろしい雰囲気であった。

「晴明公、桃花どの」

藪《やぶ》の陰から走り出てきたのは、青い衣をまとった青龍であった。

「牛頭天王はこの奥で待っておる。末政親子とともに」

晴明がきつい表情で、腕に止まったキクイタダキを見た。

「安心めされい。あの親子のことなら、繋いでも縛ってもおらぬ」

心を見抜いたかのように、キクイタダキが言った。晴明の眼光がやや穏やかになり、桃花は胸をなで下ろす。

藪椿の奥へ進むと、ぽっかりと空いた空間に緋毛氈《ひもうせん》が敷かれていた。

隅に座っていた末政夫妻が、不安そうにこちらを見た。二人の間には、茶色い子狐がちんまりと丸まっていた。

「親子を引き離してはいないようだ」

「そのようなことはせぬよ」

緋毛氈の中央に座っている狩衣《かりぎぬ》姿の男性が、重厚な声で言った。狩衣だけを見れば神主か公家《くげ》を思わせるが、角の生えた赤い仮面で顔の上半分を隠している。白く長い髪は緋毛氈にまで垂れていた。

「牛頭天王。姿を現すとは珍しい」

緋毛氈に座ろうともせず、晴明は狩衣姿の男性に声を投げかけた。

「まあ座れ」

牛頭天王の誘いに、晴明はすぐには応じなかった。

「一応言っておくが、牛頭天王。そちらは青龍に比べればはるかに新しい神だ。人間としての私よりも、後に生まれた神であることも言っておく」

「それは、承知しているが」

牛頭天王が、弱みを突かれたような口調になる。恐ろしげな姿だが、いわゆる若輩者扱いをされている。

「お富士が空き地を掘っていたと言うが、悪事と疑うに足りる理由があるか？　牛頭天王」

──晴明さん、難しい言い方をしている。

時間稼ぎだろうか、と桃花は思う。

「呪詛《じゅそ》の可能性がある」

牛頭天王が言うと、喜知次と七福が「そんな」と声を上げた。

「お主たち夫婦も知っておろう。平安京がこの地に置かれる前から、人々は呪詛を行ってきた。犬の首を埋め、あるいは憎い相手に似せた人形を埋めて呪った」

その知識は、桃花も聞き知っている。

政敵に呪詛をかけた疑いで排斥された貴族が歴史上何人もいたと、学校でも習った。

「先ほども申し上げましたが、牛頭天王様」

喜知次が腹の底から振り絞るような声で言う。

「お富士は、二週間前に野狐として生まれ変わったばかり。そのような呪詛の知識などないはず」

「喜知次の言う通りだ」

晴明が同調した。

「我々の責任を問うのも良いが、その前にお富士自身にわけを聞いてはどうだ」

「まだ幼いだろう」

「いえ、いいえ」

七福が身を乗り出す。

「難しい言葉はまだ知りませんが、人間の幼子と同じ程度には喋ります。喋ることができます」

「その状態でか」

牛頭天王は冷淡に言った。

お富士は——幼い野狐は、両親の体に毛皮をくっつけて、茶色い尾をふくらませて震えている。

「私の顔を見て恐れたか、少しも喋らぬ」

無理もない。桃花はお富士が気の毒になり、次に牛頭天王が気の毒になった。好きで怖い外見をしているわけではないのだろう、おそらくは。

——今の状態って、民事裁判で言うとお富士ちゃんが訴えられた被告側で、牛頭天王が訴えた原告側になるのかな。裁判官がいないけど。

ならば自分は、被告側の代理人に——弁護士になろう、と思う。

「すみません、提案があるんですけど」

まるで学校での授業のように、桃花は手を挙げた。気抜けしたような顔で末政夫妻がこちらを見る。牛頭天王を恐れる様子がないので驚いたのかもしれない。

——いいんだ、怖がらなくたって。わたしと晴明さんは牛頭天王と契約した。そして契約は対等な立場で行われるものだって、模擬裁判選手権に出てる先輩が言ってた。

まさかこんな時に、高校での雑談に勇気づけられるとは思わなかった。

誰も異議を挟まないので、桃花は話を続ける。

「喜知次さんと七福さんが膝に載せてあげたら、お富士ちゃんは安心してくれると思います。喋ることができるかも」

晴明の手に止まっていたキクイタダキが、パタパタと軽快に羽ばたいて桃花の手に移動する。

「陰陽師の弟子だというのに、陰陽術とまるで関係がないではないか」

「いいんです。わたしは今まで十六年も未成年やってるんですから、子どもの気持ちは分かるんです」

我ながらめちゃくちゃだと思ったが、七福はあっけに取られた顔でお富士を抱き上げ、膝に載せた。キュウ、と甘えるような鳴き声がお富士の口から漏れる。

「ゆめで、みたの」

鳴き声に続いて、舌足らずな声がお富士の口から発せられた。

喜知次が「おお。何を見たんだね」と優しい声で尋ねた。

「わるいものが、きょうの、ひがしにうまってる。ほりだして、もやさなきゃとおもったの」

「牛頭天王。お富士が埋めたのではなく、掘り出そうとしたようだ」

「なんと」

悪びれるでもなく、牛頭天王が言った。

「私はてっきり、良からぬものを埋めたとばかり」

「職業病だな。京を災厄から守ろうと思うあまり、すべてが悪者に見える」

「ぬ。私が新しい神だからと、未熟者扱いしておるな」

牛頭天王は不満そうだ。

それを無視して、晴明は靴を脱いで緋毛氈に上がった。桃花もそっと後に続く。

晴明は、しゃがみこんでお富士に語りかける。

「お富士。悪い物は、夢の中でどんな形をしていた」

小さな野狐の目に涙が浮かんでいるのを、桃花は見た。

――お願い。怖がらないで。その人は優しい人だから。

桃花は両手を握りしめて祈った。かつて悪事を働いて封じられた藤尾狐を不憫《ふびん》に思ってしまうほど、優しい人だからと。

「……おとこのひとと、おんなのひと。きで、ほった」

細い声で野狐は言った。

「とてもこわいもの。とてもこわくて、ふるいもの」

「分かった。もう一つ、いいか？」

晴明は懐から手帳とペンを出して、さらさらと何かの絵を描いた。

あっ、とお富士が悲鳴を上げた。

描かれたのは男女一対の、おそらくは裸を表現したと思われる稚拙な造型の人形であった。

またぷるぷると震えだした毛皮を、七福と喜知次がなでてやる。

「これ。ゆめでみたの、これ」

怯《おび》えながらも話してくれたお富士に、桃花は「ありがとう」と声をかけた。

「怖がらせて済まない。もう大丈夫だ。この人形には心当たりがある」

晴明が手帳とペンをしまって立ち上がる。

「牛頭天王。お富士が地面を掘っていた場所を、教えてくれるな？」

「……うむ」

仕方がなさそうに言った牛頭天王は、大きな手で乱暴におのれの後頭部を掻《か》いた。

「私の早とちりであったかもしれぬ。頼んだ、晴明公」

その言葉を聞いて、晴明は人が悪そうな微笑みを見せた。蒼白《そうはく》な顔で緋毛氈の外に立っていた青龍が、大きなため息をついた。

ほんのりと光る石の通路を、晴明の家へと歩く。

＊

桃花には、わけが分からなかった。

男女の形を彫った木像が、何だと言うのか。呪詛のための人形ではないのか。

しばらく無言だった晴明が、口を開いた。

「お富士が夢に見たのは、フナド神だ。岐路の岐と書いて、フナドと読む」

「あれが、神様なんですか？」

ぎょっとした。

どちらかと言えば呪詛の人形と言われた方がまだ分かる。

「歴史書にも載っている。『本朝世紀《ほんちょうせいき》』という書物だ」

知らない名前だ、と思いつつ桃花は「はい」と相槌《あいづち》を打つ。

「藤尾寺事件の前年、天慶《てんぎょう》元年九月にこういう記述がある。『京の東西の大路小路《おおじこうじ》で、木を丈夫《じょうふ》の形に彫って神と見なすことが流行った。あるものは対になる女の像を置いた。幣帛《へいはく》や香や花を捧げ、フナド神または御霊《みたま》と呼んだ。何の御利益があるか分からず人々はこれを怪しんだ』と」

「道に男女の像を置くなら道祖神《どうそじん》に似てますけど……何か変ですね」

「まず『御霊』という呼び名が妙だ。疫病を広げたり祟《たた》ったりする怨霊を『御霊』と呼んで祀り、災厄を避けようとするのが御霊信仰だからな」

「うーん、どんな意味があったんでしょう……。分からないです」

「世が乱れていた」

時代の証人のごとく、晴明は言った。

「平将門と藤原純友が東西で乱を起こしている間に藤尾寺では尼が人々を惑わし、石清水八幡宮の『新宮』を自称していた。次々と起きる変事に、何を信じていいか分からなくなった人々がいたようだ」

「だから、自分たちで神様を手作りした……？」

「結局悪い気が集まっただけだ。人が集まり供物が腐るので感染症も広がった」

その顚末《てんまつ》は、想像したくない。しかし晴明は、直《じか》に見ていたのだ。

「陰陽師も寺社も連携して悪い気を祓い、フナド神の像を焼き払うのは骨が折れた」

「お疲れ様でした……」

桃花としてはそう言う他ない。

「葬り損ねたフナド神があったとはな。当時の私の手落ちだ」

「手落ちだなんて。その頃晴明さんは先生についていたんだから、まだ男の子だったんじゃないですか？」

「数え年で十八歳だ。『男の子』ではない」

むすっとした声で晴明が言った。

「え、でも、わたし今年で数え年……ええと、十八歳ですよ？　今年満年齢で十七歳になるから。一緒じゃないですか」

ほらほら、という気持ちで桃花は自分の顔を指さしてみせる。

「手落ちかどうかは私が決める。手落ちだ」

そのまま早足で歩いて行ってしまう。

「待ってくださいよー」

心持ち歩幅を広くして、桃花は晴明を追いかける。

「じゃあお富士ちゃんは、自分が藤尾狐だった頃のやばいものを夢に見て、掘り出しに行ったんですか？　取り除かなきゃまずいと思って……。ちっちゃいのに大手柄じゃないですか」

取り除こうとしたのだから、お富士の心根は善なるものなのだ。それが嬉しい。

「手柄と言えば手柄だが。自分で自分の行動をうまく説明できないのでは、人間の幼な子と同じだろう」

と、晴明はそっけない。

――お富士ちゃんを心配してたから、ピリピリしてたんでしょう？

問い詰めたいが、たぶん答えてはくれないだろう。

「さっき牛頭天王さまが、お富士ちゃんが掘ってた場所を教えてくれたけど、どうするんですか？」

「子狐に掘れる深さではあるまい。今夜、私と双葉が祓いに行く」

「わたしは」

「高校生は自宅待機だ。千年以上も経った年代物のフナド神など、触らせるわけにはいかん」

「はーい……」

ことさらにしょげた声を出した。なんだかまた甘えた態度を取ってしまっている気がする。

「そろそろ家に着くぞ。学校の授業の予習でもするか」

通路を歩いて行く晴明の声は、いつものごとく陰鬱げであった。

それでも授業で手抜きなどしないのは、この一年で桃花はよく分かっている。

＊

五月の半ばを過ぎると、一気に初夏らしくなった。青葉の色はいよいよ濃くなり、日差しは力強い。

中間試験が近づいていたが、桃花はそれよりも心配なことがあった。

さきがけ帖の中身に、何も出てこない。白紙のままなのだ。

——変化はゆっくりって聞いてたけど、もらって二ヶ月過ぎてるのに。

学校の忙しさから解放されてベッドに入るたびに、もどかしさでバタバタと脚を動かしてしまう。

お富士が見つけたフナド神は、晴明と双葉が早々に掘り出して祓ってくれた。

しかし「京の西にもまだフナド神が残っているかもしれない」と、晴明はこの頃授業が終わると双葉を連れて夜の街に出かけてしまう。

桃花が置いてきぼりになる理由はもちろん「触らせるわけにはいかん」である。

——ぐれてしまいそう。ぐれないけど。

鬱々とした心を持て余しながら晴明の授業を受けていたある日、制服の胸ポケットの中がふわりと温かくなった。

「え、何だろ？」

驚いて胸ポケットに手を入れると、熱を発しているのは赤い市松模様のさきがけ帖であった。

「ああ、ついに来たか」

淡々と言った晴明は、座卓を指でトントンとたたいた。

ここに置け、というのだろう。

「大丈夫なんですかこれ？　故障じゃないですよね？」

動揺のあまり、機械が壊れた時のような反応をしてしまう。

「大丈夫だから、開いてみろ」

その言葉を信じるしかない。

恐る恐る開いてみると、あった。

相変わらず白紙ばかりだが、二頁《ページ》だけ埋まっている。

一頁目には、祇園祭《ぎおんまつり》で見たことのある紋——八坂神社の木瓜紋《もっこうもん》。

二頁目には、文字が書かれている。

結び桜の子　糸野桃花
陰陽師　安倍晴明を通じて
牛頭天王と知遇を得る

晴明は、記された文言を声に出して読み上げた。

「良かったな。八坂神社に祀られる牛頭天王と知り合い、という証明書だ」

「……神様と知り合いですよ、ってことですね……」

口に出してみた途端、桃花は震えだした。

「どうした。故障か」

「人が動揺した時の台詞《せりふ》を取らないでください。怖がってるんですよ。偉い神様と、偉い人を通して知り合いになりましたーっていう証明書ですよ？」

「『偉い人』とは、私のことか」

座卓に肘をついて、晴明はしらけた顔をする。

「他に誰がいるんです？」

「『偉い人』か……」

「もっと敬え、って言ってます？ もしかして」

尋ねた桃花に、晴明はにやりと笑ってみせた。

——ごめんお富士ちゃん、訂正。晴明さんは優しいけど、人が悪い。

むっつりと黙ってしまった桃花だが、やはり心が浮き立つ。

「やっぱり、嬉しい……」

座卓に突っ伏した桃花は、晴明の含み笑いを聞いた。どんな顔をしているのか少し気になる。

「めでたいついでだが、桃花。星見千代の個展がまた開かれるぞ。同じ子と古都ブックスで」

「えっ、行きたいです」

座卓から顔を上げる。

晴明の顔はもう笑っておらず、残念、と思う。

「今日サイトに掲載されていた。せっかくだから大きい画面で見せよう」

いそいそとノートパソコンを棚から下ろしてくる様子を見て、桃花は（もしかして）と思う。

「晴明さん……星見先生に惚れたんですねっ？ わたしも、華奢なのに目力強くて神秘的な人だと思ってました」

「何の話だ」

げんなりした顔で、それでも晴明は子と古都ブックスのサイトを見せてくれた。

予告

星見千代　第二回個展

月光の周りに

「今度は、月とその伝承や習俗がテーマだそうだ。『月見や月に住む兎、鞍馬寺の五月満月祭』とある」

「え、え。じゃあ、星見先生、もう描いたんですか？」

晴明は黙って画面をスクロールさせる。

現れた作品に、桃花の心は震えた。

「この前の『五月満月祭』も良かったけど、もっと素敵。見てたら空へ浮かびそう」

満月の浮かぶ空を見上げているのは、灯明を持った少女だ。少女の周りにも、灯明を掲げた人々がいる。

月の光に染まった山の稜線から中天にかけて、白くふわふわとしたものがいくつも浮かんでいる。

タイトルは『五月満月祭　木霊』。

晴明との会話から生まれた絵を、本当に描いてくれたのだ。

「やった。やりましたねえ。星見先生。約束を守ってくれたんだ」

「桃花」

あらたまった調子で、晴明が呼んだ。

「何でしょう」

「京の西部に残っていたフナド神は、双葉とともに無事祓い終えた」

「あ、やっぱり残ってたんですね。最近全然、夜かまってくれないと思ったら」

「おかしな言い方をするんじゃない」

注意されてしまった。

ごめんなさい、と小さく言って、続きを待つ。

「そこでだ。この個展について、鞍馬寺へ報告に行こうと思う」

「行きましょう。『ちよちゃんがあなたとの思い出を描いたよ』って、木霊に伝えに」

言いながら、桃花はもう立ち上がっていた。

「あ、授業もしないといけないので、叡山電車で参考書読みます」

「いや待て、今日ではない」

晴明に言われて、ぺたんと座布団に座る。

「明後日《あさって》は五月二十七日。何の日だ？」

「土曜日で学校がない、です」

「そうだ。明るいうちに、ゆっくり行こう。双葉も連れて」

自分の頬に笑みが広がっていくのを、桃花は自覚した。

「晴明さん」

返事をする代わりに、晴明は少し目を細めた。これも笑顔だろうか。

「わたし、もうフクロウに変化させてもらえないと知って、哀しかったんです。わたしのことを心配した結果なんだとしても」

泣いたことは秘密にする。その方が大人なのだ、と思う。

晴明は黙って聞いてくれている。

「でも、やっぱり今がいいです。一年生の時よりも」

「そうか。……良かったな」

茶化さずに聞いてくれたことが嬉しい。

「何も言わずに放っておいて、悪かったな。双葉と西のフナド神を祓っている間」

瞬時に桃花は笑顔になった。

「いいんですよ。心配させまいと思ってくれたんですよね？」

「忘れた」

「えー」

「……この春は、忙しかったからな。気苦労をかけまいと思ったのは本当だ」

「ありがとうございます」

やっぱりいい先生だ、と思う。

「ええと、この春は花嫁になったり、青龍さまの服を考えたり、志望校を決めたり、プロの画家さんと話したり……」

指折り数える途中で、重要な出来事を思い出す。

「時子さんの身の上を、聞かせていただきました。晴明さんたちの協力者として認めてもらったみたいで、嬉しいです」

「ああ。これからも、よろしく頼む」

晴明が自分を見ている。夢の中でさきがけ祭の話をした時とは違う。狐の面など要らない、と思う。

「こちらこそ、末永く」

「授業の続きに戻るか」

「はい」

桃花は、さきがけ帖を手のひらでそっとなでてから、元通り胸ポケットに収めた。

第三十一話・了

あとがき

この本を手に取ってくださって、ありがとうございます。
おかげさまでシリーズ第六集を迎えました。

一話目にあたる第二十六話は、京都の春を彩る「東山花灯路」と「狐の花嫁巡行」から始まります。ユウノ先生の装画も枝垂れ梅のもとで狐の花嫁に扮《ふん》した桃花が可愛《かわい》らしく、作者としては嬉《うれ》しい限りです。

祇園の周辺で、なぜ狐にまつわる催しが……と、意外に思われるでしょうか？
京都の神社に詳しい方はすでにご存じと思いますが、京都盆地の東端を区切る東山三十六峰の一番南は、伏見稲荷《ふしみいなり》を擁する稲荷山なのです。そして狐は稲荷神の御使い。だから、東山地区のイベントに狐の花嫁はぴったりの組み合わせだと思います。

第二十七話は、京の東西南北を守る四神の一角・青龍との邂逅《かいこう》。
第二十八話は、妖狐・藤尾狐の親になりたいと晴明さんの家を訪れた女性。

第二十九話は、生まれ変わりの儀式に力を与えてくれる上賀茂神社での曲水の宴。

第三十話は、桃花の母親・葉子の視点も交えつつ、第二十八話の後日談。

第三十一話は、無事に生まれ変わりが成功した後、牛頭天王からついた物言い。

ご覧のように今回物語の縦糸となるのは、妖狐・藤尾狐です。実在する史料『扶桑略記』から、作者が創作しました。

石清水八幡宮《いわしみずはちまんぐう》の『新宮』を称した藤尾寺の尼については、木村茂光《きむらしげみつ》先生の『平将門の乱を読み解く』（吉川弘文館《よしかわこうぶんかん》）を参考にいたしました。

藤尾寺の尼を物語の中で妖狐としたのは、なぜ多くの信者を集め得たのか、と考えたのが発端です。

史料から分かる人気の理由は、藤尾寺の八幡菩薩《はちまんぼさつ》は霊験あらたかで瑞祥《ずいしょう》（めでたい出来事）が起きたこと、毎年八月十五日の放生会の際に楽人を集めて妙なる音楽を奏でさせ、名僧を呼んで菩薩にまつわる法話を聞かせたこと、豪華な飲食や大量の布施で楽人と名僧を抱えこんだことなどです。

一体どこから資金を集め、どういうからくりで瑞祥を起こしたのか、気になるところです。資金については、当時権力を握っていた貴族（たとえば藤原氏《ふじわらし》）からの援助があったかもしれませんが、あくまで想像です。

作中では「瑞祥」に注目し、妖狐の幻術で天女の姿を見せた、としています。

また、フナド神については先述の『平将門の乱を読み解く』の他に、北村優季《きたむらまさき》先生の『平安京の災害史　都市の危機と再生』(吉川弘文館)も参考にいたしました。

作者は京都市内の博物館で、男女一対の木の人形を見たことがあります。

どちらも裸体と思われるのに官人らしき冠や結い上げた髪はきちんと表現されていて、恐ろしげな雰囲気でした。

呪詛《じゅそ》に用いられたのか祭祀《さいし》に用いられたのかは不明ですが、あまりに印象的で覚えていたので今回ご登場願った次第です。

怖い話になりましたので、のどかな話題も一つ。

今回、樹木や森の霊である木霊を「狸《たぬき》ほど」の大きさとしました。当初は「柴犬《しばけん》ほど」にしようと思ったのですが、ふわふわした質感を出すため狸を選んだのです。

そんな経過で原稿に「狸ほど」と赤入れした頃、夜道を横切っていく獣を見かけました。以前から遠目で何度か目撃していた尻尾の太いシルエットに「もしや」と後を追い、植えこみの向こうを覗《のぞ》きこんだところ。

夜目にもつぶらな瞳をした狸が、こちらをじっと見つめ返しておりました。しかも、一歩踏みだせば触れそうな近さで。

——可愛い。これが撮らずにおらりょうか。

作者がスマートフォンを出した途端、それまで動かなかった狸は岩陰へ隠れてしまいました。

怖い思いをさせてしまった、と反省した後で作者の脳裏をよぎったのは（やはり「狸ほど」が最適）という自分の文章への納得でした。

助けた生き物が恩返しをする、という昔話は多々ありますが、狸に助けられた小説家はいかにして恩返しをするべきか、この頃考えこんでいます。

何事もなく、山に帰っていれば良いのですが。

今回も、多くの方々にご助力をいただきました。このシリーズに関わってくださる方々、応援してくださる皆様に、心からの御礼《おれい》を申し上げます。

仲町六絵

主な参考文献

『日本わらべ歌全集15　京都のわらべ歌』
高橋美智子　著／柳原書店

『牛頭天王信仰の中世』
鈴木耕太郎　著／法藏館

『平安京の災害史　都市の危機と再生』
北村優季　著／吉川弘文館

『平将門の乱を読み解く』
木村茂光　著／吉川弘文館

※ここに挙げた他にも、多くの文献を参考にさせて頂きました。
末筆ながら、著者・編者・出版社の皆様に御礼申し上げます。

<初出>
本書は書き下ろしです。

メディアワークス文庫

おとなりの晴《せい》明《めい》さん 第《だい》六《ろく》集《しゅう》

～陰陽師《おんみょうじ》は狐《きつね》の花嫁《はなよめ》を守《まも》る～

仲《なか》町《まち》六《ろく》絵《え》

2020年2月25日　初版発行

発行者　郡司 聡
発行　株式会社KADOKAWA
〒102-8177　東京都千代田区富士見2-13-3
0570-06-4008（ナビダイヤル）
装丁者　渡辺宏一（有限会社ニイナナニイゴオ）
印刷　株式会社暁印刷
製本　株式会社暁印刷

ISBN978-4-04-913087-4 C0193

メディアワークス文庫　https://mwbunko.com/

本書に対するご意見、ご感想をお寄せください。

あて先
〒102-8177　東京都千代田区富士見2-13-3
メディアワークス文庫編集部
「仲町六絵先生」係

今夜F時、二人の君がいる駅へ。

吉月 生

戻れるのは、ひとりだけ——過去と未来をつなぐ青春SFラブストーリー。

クリスマス間近のある夜。昴の乗った京浜東北線最終電車の第二車両が、突如消え去った。気づいた昴がいた場所は、まだ開通していないはずの高輪ゲートウェイ駅——そこは、5年後の未来だった。

失われた時間に、最愛の彼女を亡くしていた昴。そして、様々な事情を抱える瞳、勇作、晟生、真太郎の乗客たち五人。変わり果てた未来に追いつけないでいた昴たちは、過去に戻れる可能性があることを知る。

ただし、戻れるのは一人だけ——。

衝撃の結末を読み終えた時、はじめてこのタイトルの意味に涙する——未来と過去をつなぐSF青春ラブストーリー。

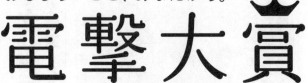